D+

dear+ novel migatte na junai・・・・・・

身勝手な純愛

柊平ハルモ

新書館ディアプラス文庫

身勝手な純愛

contents

illustration：駒城ミチヲ

身勝手な純愛

migatte na junai

ACT 1

「……ここか」

静かなストリートに立つ小さなビルを見上げ、仁礼永紀《にれえいき》は小さく息をつく。

午後三時を過ぎている。翳《かげ》りかけた日の光りが、白い塗り壁を照らしていた。

一階はカフェ、二階には会議室、三階は事務所、そして四階は住居になっているという居住者表示を、永紀は睨みつける。この問屋街ではごく普通な、小規模ビル。ここに、永紀が会わなくてはいけない相手が住んでいた。

……本当は、二度と顔も見たくないと、思っていた相手だが。

永紀は、小さく息をついた。

ここに来たのは、職務上の責務を果たすためだ。個人的な感情……——好き嫌いになんて、拘《こだわ》っていられない。

——ガキじゃあるまいし。

雑念を振り払うように、永紀は軽く頭を振る。

会う前から気分は重い。だが、こんなところで足踏みしている場合ではなかった。

握りしめた手のひらに、じんわりと熱が宿っている。そのぬくもりを確かめるように、永紀はぎゅっと握りこんだ。

衰《おとろ》えた力を振り絞るように、この手に縋《すが》りつき、握りしめた、しわしわの指先の感触を、どうして忘れることができよう。

——今度は、俺があの人の手助けをしてみせる。……あの人にしてもらったことに比べればささやかすぎて、恩返しなんて、とても言えないけれども。

それでも、あの恩人から与えられたものの、十分の一、百分の一でも返していきたかった。彼がいなければ、今の永紀は存在できないも同然だったのだから。

苦手な、たぶん永紀を嫌っている男に会うことくらい、どうってことない。そう、永紀は自分自身に言い聞かせる。

——ここ三年ほど、会っていないが……。あいつも、少しは大人になっただろう。なった、はずだ。

永紀がじっとこらえて、あの男に頭を下げれば、話も聞かずに、門前払いということにはならないと信じたい。

——だいたい、なんでまた、大人になったはずだ、なんて期待しなくちゃいけないんだ？

あいつは俺と同じ年で、吹けば飛ぶようなちっぽけな会社とはいえ、一応は経営者じゃないか。大人になるもへったくれもないのに。

自由奔放と言うと聞こえはいいが、単に子どもっぽいだけ。それが、『彼』だ。

――本当に、あいつは困った奴だ。

永紀は、気を取り直すかのように、眼鏡の位置を軽く直す。そして、ふたたび、仇敵代わりに目の前のこぢんまりとしたビルを睨みつけたのだった。


リペアされ、クリーニングも行き届いているが、四階建てなのにエレベーターもついていない商業ビルの最上階。こんなところに、この地方随一の資産家の跡取りが住んでいると、誰が想像するだろう。

――昔から、あいつはそうだった。菊理《くくり》家の後継者としての自覚がこれっぽっちもなくて、勝手なことばかりして……！

まさに、馬鹿息子ならぬ『馬鹿孫』。そう、永紀の恩人が呼ぶのも、しかたないだろう。

それでも、彼は必要とされている。

老舗《しにせ》の百貨店、喜久栄《きくえい》百貨店グループの創業家であり、この地方を代表する名家菊理家の未来は、なんの因果か、その馬鹿孫の双肩にかかっていた。

相手がどんな男だろうとも、彼を菊理家に戻すのが、永紀の役目だった。菊理家の顧問弁護士である永紀は、菊理家と会社を守る義務がある。なにより、恩人のたっての願いを叶えなくてはいけない。

――首に縄をつけてでも、本家に連れ帰ってやる。

思いっきり力をこめて、永紀は素っ気ないドアのチャイムを鳴らす。

それほど室内は広くないのだろう。すぐに、中から大きな足音が聞こえてくる。

なにも、あんなに踏みならすような歩き方をすることはないのに。あいかわらず雑な性格をしているようだ。

会う前から、永紀はげんなりしてしまう。

「永紀、久しぶりじゃないか!」

勢いよく開いたドアを、さっと永紀は避けた。

とことん、永紀はこの男から迷惑を被《こうむ》る運命にあるらしい。苦虫を嚙《か》みつぶしたような表情で、永紀は彼の名を呼んだ。

「菊理鷹邦《たかくに》さん、お久しぶりです」

「なんだよ、幼なじみにつれないな」

そう言って眉を上げた男こそ、永紀の目的の男だった。あとは、この男の首根っこを摑んででも、ここから引きずりだすだけだ。

――もう、手段は構っていられるか。

永紀は、腹を括《くく》っている。自分がこれから伝える言葉に、彼が友好的な反応をするなんてことは、最初から考えていない。一応、説得しようとは思っているが、肝心の相手がガキの頃から変わっていないならば、言葉が通じるとは思えなかった。

それでも、体裁は取り繕《つくろ》う。

最初だけになるだろうけれども。

「私は菊理家の法律顧問、日比野《ひびの》コンサルティングファームの弁護士仁礼永紀として、こちらを訪れました。……決して、幼なじみとしてではなく」

他人の顔をして、永紀は言う。

「菊理家の現当主、菊理鷹逸郎《よういちろう》氏の依頼により、本日はあなたをお迎えにあがりました」

「おまえのことは歓迎するが、実家に戻るつもりはない」

鷹邦は、きっぱり言う。それでも、彼は永紀を招き入れるように仕草で示した。

意外だ。

玄関で追い返されることも覚悟していた。

どうせ、このフロアには鷹邦の部屋しかないらしいし、永紀としては玄関で押し問答をしてでも粘るつもりだったのだけれども。

――一応、話し合う気はある……のか？

幼なじみとは言うものの、決して気心しれた関係ではない。それに、鷹邦はどうだか知らないが、永紀の側からは彼を『幼なじみ』と呼ぶのに抵抗があった。

自分たちは、そんな対等な関係ではない。そう、永紀は思っている。

たくましい肩越しに見えるのは、殺風景な室内だ。居住空間らしいリフォームは入れてないようだった。鷹邦のように華やかな男に、ふさわしい場所ではなかった。

華やか……――それは、単に顔かたちのことだけではない。日本人男性の平均身長よりも永紀はやや小柄だが、鷹邦は頭ひとつぶん大きい。そして、身幅もしっかりしていて、恵まれた体軀《たいく》の持ち主だ。

意志の強さと熱意を秘めた輝く瞳、形のよい眉、不遜《ふそん》なくちびるも、造形美だけではない魅力が鷹邦にはあった。

彼は幼いころから、社会的な注目を集めずにはいられない男だった。両親を早くに亡くしてからは、なおのこと。総資産一〇〇〇億を超える菊理家の次期当主であり、老舗の百貨店グループの次期経営者なのだから。

こんなちっぽけな、古びたビルに、収まる人材ではなかった。

華々しい将来が約束された身でありながら、彼は実家と決別し、今も戻る意志はないらしい。

永紀にろくに話をさせないまま、鮮やかな先制攻撃を繰り出してきたのだ。

――戻るつもりはない、か。そう言うと思ったよ。

予想どおりの答えだ。

眉一筋動かすつもりはない。内心、腸《はらわた》は煮えくりかえっていたが、永紀はあくまで冷静を装おうとした。

「鷹逸郎氏は、先週手術をされました」

「知っている」

そうだろうとも、と永紀は内心舌打ちをした。鷹邦の叔母から連絡が入っているはずだが、彼は病院に駆けつけてこなかった。

老いた祖父が、心臓を悪くして倒れたというのに。

「あなたにお会いしたいそうです」

鷹邦は、深く息をついた。

「容態は、安定していると聞いている。俺が駆けつけるようなことではないだろう」

皮肉げに、男らしい肉厚のくちびるの端がつり上げられる。

「なにせ、勘当されている身だ。……じいさんが俺に会いたいと言っているのは、嘘だろう？今の状態で、俺を呼ぼうとするなんて思えない」

鷹邦は、ひょいっと永紀の顔を覗きこんできた。

「……」

永紀は、さりげなく顔を背《そむ》ける。

——へんなところで冷静で、いやなやつだ。

たしかに、鷹邦の言うとおりだ。鷹逸郎は永紀の手を握り、「鷹邦を頼む」と言っただけ。でも、縋りつくような指先に、永紀は彼が弱っていることを思い知らされた。

そして、馬鹿な孫でも頼りにしていることを……――永紀よりもずっと、血のつながった孫のことを大事にし、愛していることだって、わかっている。

だから、鷹邦を連れ戻しに来たのだ。

ちゃんと跡取りが帰って来たのだと、鷹逸郎を安心させたかった。鷹邦は、鷹逸郎の唯一の内孫なのだから。

鷹邦は、小さく笑う。

「頭の回転早いくせに、おまえは昔から嘘がヘタだよな、永紀。お節介しに来たんだろうけど……。とりあえずコーヒーくらいは出してやるから、それ飲んで帰ってくれ。俺は、おまえがじいさんのお使いやっている間は、絶対に実家に戻るつもりはない」

「お断りします」

能面のような表情で、永紀は言う。

――俺が顧問弁護士をやっていることも、いやなのか。

そんなに俺のことが気に入らないのかと、なんとも言えない苦い気持ちを、永紀は押し殺した。

幼なじみだなんて言うくせに、実態はこうだ。鷹邦は昔から、永紀が気に入らなくてたまらないらしい。

「聞き分けが悪いな」

にやりと笑った鷹邦は、ぎょっとするくらい顔を近づけてきた。

「おとなしく帰らないと、キスするぞ」

「……鷹邦っ」

人が真面目に話をしているタイミングで茶化してくる、この男のこういうところが大嫌いだ。

——おまえが俺を気に入らないように、俺だっておまえが気に入らないんだ！

言葉にするとむなしいだけなので、永紀は黙ったまま、鷹邦を横目で睨みつけた。

むっとした拍子に、つい顧問弁護士の仮面が外れてしまった。

「……鷹逸郎さんだって、おまえのような恩知らずで、礼儀知らずで、やることなすこと向こう見ずな男には、愛想がつきたほうが楽になれるかもしれないな」

昔から、鷹邦とは反りが合わなかった。鷹邦のペースに乗せられて、口論になることも珍しくなかった。

だから、幼なじみではなく顧問弁護士として振る舞って、冷静に話をしたかった。しかし、やっぱり鷹邦に煽《あお》られてしまっている。

——情けない。

鷹邦ごときのペースに飲まれてしまった、自分自身が腹立たしい。しかし、一度口を滑らせた以上、顧問弁護士としての態度を保つのは、滑稽《こっけい》なだけだろう。

永紀は開きなおり、憎まれ口を叩いた。

「だが、それでもおまえは、鷹逸郎さんにとっては亡くなったご長男の忘れ形見だ。育ててもらったんだから、見舞いくらい来たってバチはあたらないだろう」

「永紀は忘れてるみたいだが、俺は勘当されてるんだぜ？」

「……それでも、病気の時なんだ。頭下げて、見舞いに来いよ。それに、鷹逸郎さんは、やはりおまえに会社を継いでほしいようだし」

鷹邦の言うとおり、就職のときに揉めに揉めた挙げ句、鷹逸郎は鷹邦を勘当している。

でも、それは鷹邦に期待をしていたからこそ。喜久栄百貨店に就職せず、家を飛び出して、学生時代に起業した道楽みたいな会社を選んだ鷹邦を、鷹逸郎はどうしても許せないでいる。

和解の道は、あったと思う。ただ、鷹逸郎も鷹邦も、ふたりして折れるということを知らなかった。

そのせいで、こじれにこじれて、今に至る。

——でも、それでもこいつは、鷹逸郎さんにとって大事な孫なんだ。

ここに来る前に、永紀は鷹逸郎を見舞っている。

たしかに彼は、鷹邦に会いたいとは言わなかった。

でも、振り絞るような声で囁いたのだ。「鷹邦を頼む」と。

永紀の手を握った老いた指先のぬくもりを、忘れられるはずがない。

永紀は鷹逸郎の遺言状の執行人でもある。その永紀に鷹邦を託した意味は、ひとつしか考えられなかった。

勢いあまって「勘当だ」なんて言ってしまったことがあったとしても、菊理家の当主の座を、鷹逸郎は鷹邦に譲るつもりだ。

そして、喜久栄百貨店グループのオーナーとしての地位も。

永紀は鷹邦が気に入らない。でも、それは単なる私情だ。鷹逸郎が望むなら、万難を排してでも鷹邦に跡を継がせてみせる。

それに、未来のことは置いておくとしても、とにかく今、鷹逸郎に鷹邦を会わせてやりたかった。

——鷹邦はたいしたことなんてないと言うけれど、手術したんだぞ。たった一人の内孫なんだから、顔を見せるだけでも、きっと鷹逸郎さんは励まされるはずなんだ。……生きている時しか、孝行はできないんだから、元気なほうが折れたっていいじゃないか。

鷹逸郎は手術こそ成功したものの、ひとまわり小さくなってしまったかのように見えた。

幼いころから、親のいない永紀に目をかけ、弁護士になるまで力を貸してくれた恩人は、誰よりも大きく見えたのに。あの広い背中を追いかけて、守りたくて、永紀は弁護士になったのに——。

豪腕なワンマン経営者である鷹逸郎は、まさに王さまみたいな存在だった。頭を下げるということがない彼を、不遜だという人も、尊大だという人もいた。

でも、永紀にとってはそれでよかった。いつまでも、越えられない大きな壁であってほしかったのだ。

永紀に「頼む」という鷹逸郎の姿なんて、見たくなかった。仰ぎ見る玉座に、当然のように陣取っている人であってほしかったのだ。

永紀にとっての鷹逸郎は、優しい王さまだ。

永紀のように身よりがなく、将来に不安を抱えた子どもたちに、彼はたくさんの未来を与えてくれた。いわゆる篤志家《とくしか》だ。

それすら偽善だと悪く言う人には、永紀を見てほしい。

鷹逸郎の行動の結果のひとつが、ここにある。

永紀は大学まで鷹逸郎の援助を受けたおかげで、弁護士になれたのだ。

援助は、金銭的なものだけではなかった。

鷹逸郎に教育資金の援助を受けていた子どもたちは皆、長い休みごとに菊理家に呼ばれて、鷹逸郎に孫のように可愛がってもらっていた。

永紀と鷹邦とが、昔からの顔見知りなのは、そのためだ。

早くに両親を亡くした永紀のような子どもにとって、愛情を与えてくれる大人の存在はかけがえのないものだ。鷹逸郎の庇護が、幼い永紀にはどれだけ嬉しかっただろう。

その恩人を悩ませている鷹邦には、自分に対する過去のあれやこれやは置いておくとしても、好意が持てるはずもない。

おまけに、人が真剣に話しているのに、すぐにからかったり茶化したりする鷹邦のふざけた性格は、永紀の神経を逆なでする。

——平常心、平常心……。これ以上、鷹邦のペースに乗らないように。

永紀は、奥歯を噛みしめた。

企業法務が中心の仕事をしていて、それなりに理不尽な話し合いの場に出たことも、交渉事を任されたこともある。

どんな相手にだって、永紀は冷静に、論理的に対応してきた。それなのに、どうして鷹邦相手にだけは、上手《うま》くいかないのだろうか。

「じいさんに碁石ぶつけられて、追い出されるだけだ。あの人が折れないなら、どうしようもない」

鷹邦は、小さく笑った。

永紀は眉を上げる。

「おまえが折れろ」

「それはできないな。俺には、やらなくちゃいけないことがある」

「博打みたいな小規模融資業なんて、せっかくご両親が遺《のこ》してくださったものを食いつぶすだけじゃないか。あいかわらず、赤字を山積みにしているんだろ」

譲る様子のない鷹邦に、永紀は冷ややかな視線を向ける。

鷹邦の興《おこ》した事業は、地域社会への投資という意味はあるが、商売になっているかは微妙なところだ。彼の両親の遺産は想像が追いつかないくらいの高額で、それで事業の赤字を埋めているという話もある。

いくら鷹邦が御曹司だからといっても、両親が残してくれたものを浪費して、本当は資金が回らないはずの会社を延命させているのは褒められたことじゃない。そう、永紀は思う。

だいたい、鷹邦は菊理家の跡取りだ。よそで小さな会社を作っている場合じゃない。

むしろ、自社かもしくは同業他社に、勉強がてら就職するべきだった。鷹逸郎も、それを望んでいたのだ。

「言うほど悪くないさ。経営状態はよくなっているし、まああと三年くらい見ていろよ」

「その三年の様子見とやらが可能なのも、菊理家の財産があってこそだ。いい気になるな」

自信たっぷりな鷹邦の言葉をたたみかけるように否定してから、永紀は少しだけ後悔した。

鷹邦を追い詰め、怒らせている場合じゃない。

――いくら本当のこととはいえ、もう少しオブラートに包めばよかったか。

鷹邦の会社は、この寂れた繊維《せんい》問屋街の活性化事業を手がけている。小規模融資や企画コンサルティングが主な仕事だ。

都市計画の兼ね合いもあるし、鷹邦だけの力ではないだろうけれど、近年はシャッターが降りていた問屋ビルがカフェや雑貨屋として再利用されるようになり、若者がこの街に集まりはじめたのも事実だ。地元のマスコミにも、何度も地場経済の明るいニュースとして取り上げられている。

でも、まだまだ鷹邦の仕事にはボランティア事業色が強い。

少なくとも、彼が専従の会社を起《た》ち上げたのは、間違いだと思う。

――どうしてもっていうのなら、喜久栄の社会還元事業の一環としてやればよかったんだ。

実際に、鷹逸郎も喜久栄の一事業部として街の活性化事業を手がければいいと、何度も鷹邦を説得していた。

それでも、鷹邦は一から自分で会社を興すと言ってきかなかった。

永紀はもちろん、鷹逸郎の言葉が理にかなっていると思っている。鷹邦のやりたいことが無意味だとは思わないが、喜久栄百貨店の役員になってから、新規事業としてはじめてもよかったことのはずだ。

気が逸《はや》ったのかなにか知らないが、鷹邦は無謀だ。その結果、実の祖父と孫の関係だって壊れてしまった。

「いい気になるな、か」

鷹邦は、低い声で呟いた。

永紀は、小さく肩を揺らす。

――怒った、よな？　俺は、こいつのプライドを傷つけたし。

気心知れているとは言えない。だが、付き合いだけは長い。どこかに、彼への甘えがあったかもしれない。

口が滑った。

それが、失敗につながった。

――仕切り直すか。

追い返される覚悟を決めていた永紀に、鷹邦はそっと耳打ちしてくる。ごくごく、真摯な声音で。

「笑ってるほうが魅力的だけど、怒った顔もセクシーだな」

「ふっざけるな、この大馬鹿！」

するりと腰を抱き寄せられ、撫でられて、永紀は頭に血が上る。殴ってやろうと振り上げた手をとられて、そのまま部屋の中に連れこまれた。

「まあ、ここで押し問答していても、仕方がないだろう？　いい豆が手に入ったから、ご馳走してやるよ」

にやりと笑って、鷹邦は後ろ手に玄関の鍵を閉めてしまった。

ここで永紀が帰れるわけがないと、彼はわかっているのだ。
――こいつのこういうところが嫌いだ。
本当に、いやな男だ。
永紀は、溜息をついた。

ACT 2

はじめて足を踏み入れた鷹邦の小さなお城には、思いの外《ほか》なにもなかった。

——俺の部屋みたいだな。

家には寝に帰るだけの人間の部屋というのは、どこか似てくるものだろうか。がらんとして、殺風景だ。壁が、コンクリートを打ちっ放しにしたままになっているせいか、余計に。

——鷹邦のほうが、ワーカホリックという意味では重傷だろうな。俺はさすがに、仕事先で暮らそうとは思わないし。

この小さなビルがあるのは、まさに鷹邦の事業の中心地だ。

繁華街の栄駅とターミナル駅である名古屋駅に挟まれて、往年の活気をなくしてしまった一帯。ここを活性化させるプロジェクトを引っ張っているのが、鷹邦の事業だ。

経営者として若輩の彼が、公のプロジェクトを仕切れるのは、地元に絶大な影響力を持つ、喜久栄百貨店グループの次期経営者という立場ゆえだろう。商工会議所の王子さまと呼ばれている彼は、各方面に顔がきく。

本来ならば、今ごろ喜久栄百貨店グループの取締役になっていただろう鷹邦が、グループを離れて小さな会社を経営している事情は、あれこれ噂の的になっている。それも、鷹逸郎の心労になっているのではないかと、永紀は気を揉んでいた。

「眉間に皺を寄せて、人の部屋の中を凝視して……。そんなに、俺に興味あるのか？」

どことなく得意げに笑った鷹邦を、永紀はじろりと一瞥《いちべつ》する。

「……物好きだと思っただけだ」

このビルは、維持管理もできないほどオーナーが困窮していたのを、鷹邦が買い取ったものだった。

なにせ、一フロアの面積が狭い上に、エレベーターもない四階建てだ。あまり、いい物件とは言えない。

しかし、この不良物件が、今となっては繊維問屋街復活のシンボルみたいになっている。

最上階は鷹邦の住居だが、すぐ下は彼の事務所。さらに二階は地元のデザイン専門学校の服飾デザインコースとタイアップしているセレクトショップで、一階は同じく地元の農業高校や商業高校と提携し、食材にこだわったオーガニックカフェとなっている。

この土地の若手クリエイターや生産者に活躍の場を提供し、彼らを育てていくという方針は、鷹邦の率いるプロジェクトの目玉だが、それゆえに利益率がいいとは言えない。せめて赤字は出さないというのが、目標となるレベルだった。

――それじゃあ、なにかあったとき、すぐに食い詰めるじゃないか。誰も彼もが、おまえみたいな坊ちゃんじゃないんだ。資金は、潤沢《じゅんたく》じゃない。

永紀にしてみれば、鷹邦のやっていることは、やはりどこか余裕のある人間の遊びのようにも見えた。

ビルだけではなく、通りをトータルでプロデュースするのが鷹邦のやり方で、おかげで寂れていた問屋街も、そのイメージを変えつつあった。

でも、それもここ一年くらいのことだ。

鷹邦が起業して二年半ほど経《た》つが、彼の会社が赤字の状態からようやく脱出できたのは、つい最近だった。

ビジネスである以上、利益をあげなくてはいけない。長い目で見て、慈善事業みたいな投資ができるのは、両親の遺産と菊理家の御曹司という社会的な立場があってこそ。永紀は、そう意地悪く考えてしまう。

……もちろん、長い目で見なくてはいけない事業があることも、鷹邦がしていることが有益だということも、わかってはいるのだが。

素直に鷹邦を認めるには、永紀の彼への感情はこじれすぎていた。

それに、鷹邦は喜久栄百貨店の名も、菊理家を背負うことも、拒否している。なのに、美味しいところだけはちゃっかり利用するのかと、面白くない気持ちでいた。

幼い頃から縁があり、大人になってからは顧問弁護士として深く関わる立場とはいえ、菊理家の人間ではない永紀は、本当ならこんな感情を持つべきではないのだろうけれど。

三歳で両親を亡くして施設にひきとられて育った永紀にとって、菊理鷹逸郎という庇護者は本当に大事な、彼なしでは今の自分はありえなかったと断言できるほどの存在だ。その彼を、実の孫である鷹邦が踏み台にして、好き放題しているように見えるのが、どうにも気に入らないのかもしれない。

「コーヒー淹《い》れてやる。下のカフェでも扱ってる豆なんだ」

永紀をソファに座らせて、鷹邦はコーヒーを淹れはじめた。

「いい香りだろ。カフェで好評なんだ。フェアトレードの製品なんだぜ」

「フェアトレード？　都内ならともかく、ここみたいな地方じゃ、まだその手の商品の浸透率は低いだろ」

「だから、どんどん積極的に利用しないと。永紀は本当に保守的だな。じじコンだからか？」

「失礼なことを言うな」

永紀は、顔をしかめた。腹が立ったのは、永紀はともかくとして、鷹逸郎を揶揄《やゆ》するような口調だったからだ。

「永紀が、じいさん好きなのは間違いないだろ。最近は叔母さんも、あのじいさんを扱いかねているらしいが、おまえは上手くやってるみたいだな」

「一緒に仕事をしていると、意見が合わないということも出てくるんだろう」

永紀は、溜息をつく。

鷹邦の叔母、佐喜子《さきこ》という人は、今となっては鷹逸郎のたったひとりの実子になる。彼女と夫の伸一《しんいち》も、そろって喜久栄百貨店の幹部だった。

しかし鷹逸郎は、あくまで後継者は鷹邦と決めている。最近、それを隠さなくなった。実の子である佐喜子は事業熱心ではない為後継者ではなく、伸一の才覚を危ぶんでいるのか任せようとしない。それもあって、佐喜子たちと上手くいかないのだろう。

現在、常務取締役である伸一は、どうにも調子がよい人で、部下のえり好みも激しい気分屋だ。

彼は彼自身の地位を愛しているだけで、仕事には愛がない人だった。グループをまとめられる器ではないように感じられる。

いくら言うことを聞かない孫息子でも、自分で事業を起ち上げる気概のある鷹邦に、鷹逸郎も期待するしかないのだろう。

鷹逸郎はなにも、娘夫婦を排除しようとしているわけではない。佐喜子夫妻にはまだ中学生の子が二人いるが、外孫も可愛いようだ。

永紀は肩の力を抜き、鋭さをやわらげた瞳で鷹邦を見上げた。

「……年をとられて、意固地になる部分があるのは仕方がないだろう。だから、おまえが折れればいい」

ビジネスライクに押しても無駄だと悟って、永紀は情に訴えてみる。

柔和な態度になった永紀に対して、鷹邦もどことなく機嫌がよさそうな表情になった。よほど、堅苦しいことが苦手らしい。

「会いに行くだけでいいのか？」

「そのまま和解して、鷹逸郎さんのサポートをしろ」

「それって、今の事業を捨てて、喜久栄に入れってことだろ」

「そのとおりだ」

「断る。ようやく軌道に乗ってきたところだって言ってるだろ。放り出すわけにはいかない」

鷹邦の言っていることは、なにもわがままではない。事業を起ち上げた経緯は、永紀にとってはわがまま以外の何物でもないにせよ、自分の事業に責任感を抱いていること自体は、責められるようなことじゃない。

だから永紀は、家族愛で胸を突こうとする。

「……おじいさまを、安心させてあげたいとは思わないのか」

「俺が喜久栄を継がなくてもいいじゃないか。もう、創業家が経営に携わるような時代じゃない。経営陣は能力主義にするべきだ」

「鷹逸郎さんはそれを望んでいない」

永紀は、険しい表情になる。

鷹邦が言うことは、正論だ。たしかに、今は創業家が経営権を握るような時代ではない。永紀も、それはわかっている。

だが、肯《うけが》うことはできなかった。鷹逸郎が創業家による経営に拘っている以上、少なくとも彼が健在なうちは、世襲の道筋を守りたい。

病気で倒れて小さくなった鷹逸郎の姿に胸が痛くなり、永紀はどうにかして鷹邦と鷹逸郎を仲直りさせたくなった。

だから、子どもの頃から苦手だった……——長いつきあいとはいえ、友好的な関係でもない男のもとに、こうして頭を下げにきたのだ。

永紀の勝手な感傷だと言われてしまえば、そこまでなのだが。

——もちろん、俺と鷹邦の関係を考えれば、簡単にはいかないだろうとは、思っていたんだが……。

別に、最初から鷹邦と不仲だったわけじゃない。でも、気がついたら、今の状態だった。嫌われて、いやがらせをされているというよりも、一方的に喧嘩を売られるというか。鷹邦は性格的に陰湿ないじめをするタイプではないのだが、どうも永紀に対してはろくでもないことしかしてこない。

——昔、菊理家の花火大会で、ねずみ花火を投げつけてきたくらいだしな。こいつは昔から、なにかと俺にだけは突っかかってくる……。

あれは、小学五年生のころだったか。

ろくでもない鷹邦との思い出に、永紀はどんよりした表情になる。

花火を投げつけられて、逃げこんだ先は、たしか鷹邦の部屋だった。追いかけられた挙げ句に押し倒されて、そこからはとっくみあいになった。今いる、この部屋とは比べものにならないほど、重厚で歴史を感じる広い子ども部屋で、襖《ふすま》に穴をあけなくてよかったと、今となっては思う。

釣り大会で背中にふなを入れられたのは、たしかその翌年か。ずぶ濡れになった永紀を見て、さすがに悪いと思ったのか、最後は鷹邦が自分のバスタオルで永紀をくるんでくれたものの、それで蛮行がなかったことにはならない、と永紀は思っている。

おかげで、いまだに調理前の魚には触れない。

中学生になってからは、さすがに子どもっぽいいたずらを仕掛けられなくなったが、かわりにライバル視されるようになった。

この地方では、たいていの子どもが国公立の高校、大学を目指すが、鷹邦は常に「永紀よりもランクの高い学校」を狙っていた。進学先を根掘り葉掘り聞かれて、「絶対に俺のほうが上に行く」と宣言されたものだ。

もっとも永紀は奨学金制度のある高校を選んだので、鷹邦のランキング競争なんかにつきあうつもりはなかったのだが。

もしかしたら、実の孫として、鷹邦は他の子どもたちまで可愛がる鷹逸郎にヤキモチを焼いていたのだろうか。

とりわけ、永紀は鷹逸郎に懐いていたし、うぬぼれでなければ、鷹逸郎も永紀を可愛がってくれていたと思う。そういうところが、鷹邦は気に入らなかったのかもしれない。

この年になると、子どもなりのヤキモチというのも理解できなくはない。だからこそ、鷹邦と同じ年である永紀への風あたりが強かったのではないか、と。

たとえどんな理由があろうとも、彼への苦手意識は消えないのだけど。

香りたかいコーヒーを勧められて、口をつけては見たものの、味わうような気持ちにはなれなかった。

なんとなく、そわそわしてしまう。長いつきあいではあるものの、こうして鷹邦と向きあうことに、永紀は馴れていなかった。

思えば、鷹邦と、落ち着いて話をする機会なんてあっただろうか。

だいたい、いつも鷹邦がふざけたり、いたずらして、永紀が怒ってばかりいた気がする。

「仕事のこと以外なら、じいさんに譲ってやらないでもないんだけどな」

「なら、まず鷹逸郎さんに会いに行け」

「で、その次は喜久栄に入れ、か?」

「――おまえ次第だ」

永紀は、鷹邦を見据えた。

なにも、喧嘩しに来たわけじゃない。少しでも建設的な話をしに来たのだ。

「今の事業を続けたいなら、喜久栄に入ってからも周りを説得すればいいじゃないか」

「……やめろと言っていたくせに、いきなり柔軟な提案をするな」

鷹邦は、眉を上げる。

「利が乗らない事業を続けるのはどうかとは思うが、それが一番合理的だってことは、俺も理解はしている。今手がけているプロジェクトを、全部放り出せとはいわない。そんな無責任なことをしたら、菊理家の名にも傷がつくからな」

永紀は、苦々しげに付け加える。

「おまえが逃げだそうがなにしようが、菊理家の人間であることには変わりない。それは事実なんだから、子どもっぽく反発せずに、受け入れろよ」

「逃げだしたわけじゃないけどな。……中にいると、戦いたい相手とも、戦えなくなるから」

「なんだって?」

「いいや、なんでもない。こっちの話」

「……ともかく。おまえの立場なら、新規の事業として、地域貢献の一環として、わざわざおまえが家を飛びだしてやりはじめたことを、もっと簡単にできる手段があったんだ。どうして、それを無駄にした？　それとも、自信がないのか。無謀なことをしているから、ビジネスだと説得できなくて、続けられないと――」

挑発するように言ってやると、鷹邦は軽く口の端を上げた。

「説得、ね。まあ、面倒な話だが、おまえの言うことには一理あるな。……でも、俺ばかりが骨を折るのはフェアじゃない。ひとりでやれることには限界があるし」

目を眇《すが》めた鷹邦は、思わせぶりに永紀を一瞥した。

「俺がじいさんに折れて、喜久栄に入るなら、永紀は代償を払ってくれるわけ？」

「……は？」

永紀は、目を大きく見開いた。

まさか自分のほうに、とばっちりがくるとは思わなかった。

――なにを考えているんだ？

つい、いぶかしげな視線を向けてしまう。

永紀が代償を払うことで、鷹邦はなにか得をするのだろうか。

それとも、気に入らない永紀にもダメージを与えたいから？

鷹邦はそういう陰険な性格ではないと思っていたのだけれども。

わけがわからない。

しかし、チャンスだ。

話しあいが平行線になるのは覚悟していた。だから、たとえ鷹邦の気まぐれだったとしても、妥協の余地があるのなら、永紀は食いつくしかない。

「代償って……。なにが望みだ」

永紀が持っているものは、鷹邦がすべて持っている。いや、鷹邦こそ、永紀にないものも掌中に収めているはずだ。

そんな男が、永紀に対して欲しがるものがあるなんて、思えない。

「おまえ自身」

「どういうことだ」

永紀は、いぶかしげに眉を顰《ひそ》めた。

鷹邦の思考回路が理解できないのは、今に始まったことじゃない。だが、これほどまでわけがわからないと思ったのは、初めてのことだった。

「おまえが俺の傍にいて補佐してくれて、疲れたときは癒《い》やしてくれて、ついでにたまにセックスもしてくれるっていうのなら、じいさんに折れてもいい」

しれっとした笑顔で、鷹邦は言い切った。

「なに寝言言ってるんだ！」

思わず声が上擦る。勢い余って、永紀は立ち上がってしまった。

テーブルを手のひらで強く叩いたせいで、カップとソーサーが派手な音を立てる。

「せ、セック……。なんで、俺がおまえとそんな……っ」

まともに言葉が出てこない。

かっと、首筋から熱くなっていく気がする。

――どこから出てきたんだ、その発想！

我ながらみっともないほどに、永紀は動揺してしまっている。いい年して気まずい話だが、永紀はこの手の話題に免疫がなかった。

同じ大学に進学しながらも、優雅に学生生活を送っていたらしい鷹邦とは違い、永紀は学生時代、ひたすら司法試験の勉強をしていた。卒業したら卒業したで、弁護士として学ぶことはたくさんあった。時間は、どれだけあっても足りなかった。それもみんな、鷹逸郎に恩返しをするためだったから、苦でもなかった。

だから、とてもじゃないけれど、恋愛にうつつを抜かしているどころではなかったのだ。

そのため、永紀の恋愛経験は皆無で、性的なことに慣れていない。あけすけなことを言われると、この年になっても受け流せない。

――くそっ、冗談にしてもタチが悪すぎる。というか、よりにもよって俺相手に、なんてこと言い出すんだ！

鷹邦が、どれだけ永紀の恋愛事情を知っているかわからない。でも、不本意ながら古い付きあいで、取引でセックスできるような性格ではないことは知っているだろうから、永紀を揶揄していつもりなのだろうか。

無理難題をふっかけて、永紀を追い払うつもりなのかもしれない。

――落ち着け。

永紀は大きく息をつくと、その場にすとんと座りなおした。

ここで逆上しては、鷹邦の思うつぼになりそうだ。

それにしても、体を張った嫌がらせだ。鷹邦は、いい年して老い先短い祖父に顔を見せることすら、そんなにもいやなのか。

血のつながった家族のいない永紀には、理解できない心境だった。亡くなった両親の幽霊でいいから会いたいと、本気で願ったこともあったのに。

――意地を張って。……死に別れてからじゃ、遅いんだよ。馬鹿。おまえだって、親御さん亡くしてるだろ。わかってんじゃないのか？

結局のところ、今の永紀を駆り立てている焦燥感は、自分が家族と早くに死に別れたゆえなのだろう。そう、思わないでもなかった。

単なるお節介というだけではなく、永紀は感情的になっている。

それでも、あとに引けなかった。

息を整えた永紀は、顔を上げる。

そして、きつい目で鷹邦を睨みつけた。

条件を提示した時点で鷹邦の負けだ。

不可能条件のつもりだろうが……——可能にすることはできる。そう、永紀の決心ひとつで。

薄くなり、小さく落とされた肩が、目に浮かぶ。老い衰えてしまった鷹逸郎の姿は、思いだすだけで胸に痛かった。

彼は、これからしばらく、療養生活に入る。孫の見舞いがあれば、どれだけ励まされるだろうか。

たとえこんな、どうしようもない男だろうとも。

——よし。

永紀は、腹を決める。

恩返しができる、またとないチャンスだ。鷹邦は、自分の放った冗談で、ダメージを受ければいい。

「……俺が、その条件を呑んだらどうする」

「へぇ？　俺とセックスするんだ」

鷹邦は、冷やかすような口調だった。永紀にそんなことはできるものかと、言わんばかりだった。

「仕事だと思えば、できないことはない」

そう言いながらも、永紀はたかを括っていた。

いくらなんでも、鷹邦も本気で永紀とセックスをするつもりはないだろう。ならば、この話を永紀が受けたところで、慌てるのは鷹邦のはずだ。

——要するに、家になんて戻りたくないってことなんだろ。

鷹邦の考えなんて、お見通しだ。

永紀がどん引きすることを狙っているんだろうけれども、そうはいかない。

この、茶番みたいな勝負に乗ってやる。

「へえ。仕事なら、好きでもない男と寝るのか。まるで、娼婦みたいだな。……震えているくせに」

意地悪く笑った鷹邦は、するりと永紀の頬を手のひらで撫でる。

そんなふうに、まるで壊れ物を扱うかのような手つきで触れられたのは、永紀にとっては初めてのことだった。

「震えてなんかない」

永紀は眉をつり上げる。鷹邦ごときの悪趣味な冗談を、本気にとって、怯えていたりするものか。

……たぶん。

動揺しなかったと言えば、嘘になる。

「怖い？」

鷹邦は身を乗り出すと、永紀の顔を覗きこんできた。

挑発的な鷹邦に、永紀は毅然とした態度で向きあった。

「怖いわけないだろ。ただ、おまえの非常識に呆れているだけだ」

「どうかな」

鷹邦は、にんまりとほくそ笑む。

「そんなこと言って、俺とのセックスでめろめろになっちゃったら、どうするんだよ」

彼の手が、さりげなく永紀の頬から首筋に降りていく。まるで、永紀の輪郭を確かめるかのように。

永紀には絶対にできないだろう自然な、まるで恋人にするかのような仕草だった。

鷹邦は、きっとこの手の遊びになれているに違いない。

「永紀は初心《うぶ》そうだし」

鷹邦は、口の端をあげる。いかにも自信たっぷりで、本当に嫌みなやつだな、と永紀は思った。

「馬鹿にするな」

永紀は、鷹邦の手を弾く。

たぶん今、目が据わってしまっていた。

後戻りするポイントはたくさんあったはずだ。でも、永紀はそこから戻りそびれてしまったのだ。

「受けて立ってやろうじゃないか」

感情的になっても、ろくなことはない。

そんなことはわかっているのに、売り言葉に買い言葉だ。それに、鷹邦はどうせ本気じゃないだろうという、妙な自信があった。

だって、幼いころからずっと一緒にいたのに、これっぽっちも親しくならなかった。嫌がらせばかりされてきた。

そんな関係なのだから――。

「じゃあ、今からベッドに行こう」

睨みつけた永紀に対して、とびっきりの笑顔で、鷹邦は言った。

ACT 3

——あいつ、どこまで意地を張るつもりだ？　いや、意地を張っているのは、俺のほうなのか……？


湯をなみなみと張ったバスタブに肩まで浸かった永紀《えいき》は、呆然としていた。

どうして自分は、鷹邦《たかくに》の家で風呂に入っているのだろうか。ここまでの経緯を考えたくない。さらに、未来予測はしたくもない。

菊理《くくり》家に戻る条件に、鷹邦は永紀にセックスの相手をしろという。

そんなことを言ったところで、実行はしないと思っていた。菊理家に戻りたくないばかりに、不可能条件を提示してきたのだ、と。

だから永紀は、あえて挑発に乗ってやったのだが……——目論見《もくろみ》は見事外れ、鷹邦は引かなかった。鷹邦は、ここぞとばかりに永紀をベッドルームへ導いたのだ。

ドアノブに手をかけるときも鷹邦にためらう様子は見られず、かえって永紀のほうが焦ってしまった。

まさか本気で、ベッドに連れ込むつもりなのか、と。

あるいは、永紀が根をあげる、限界まで攻めるつもりなのか……。

ドアを開けられる寸前、「シャワーくらい浴びろ、マナーだろ！」とつい口走ってしまったのは、怖じけついたわけじゃない。チキンレースの負けが見えただとか、そういうつもりもない、けれども。

――いや、思考停止してる場合じゃないだろ。このまま、せ、セックスなんてする羽目になったら、いくらなんでもアホすぎる。

先にシャワーを使った鷹邦は、ベッドに入っているはずだ。

風呂から出てきた彼の体は、幼いころと比べものにならないほど逞しかった。服を着ているときはそれほどとは思わなかったのだが。

鷹邦と入れ違うように、永紀は風呂を使っている。彼から逃げるように、バスルームに飛び込んでしまったなどと、認めたくはない。

「洗ってやろうか？」なんて言った鷹邦は部屋を出る前に張り倒してきた。

――冷静に考えると、風呂を使わず、俺はそのまま帰るべきだったんじゃないか？　なにも、あいつの言うことを聞かなくても……。いや、駄目か。俺が逃げたら、鷹邦の思惑どおりになってしまう。

どこで引き返せばよかったのかなどと、言い出したらきりがない。風呂まで入って、いったい自分はなにをしているのだろうか。

鷹邦が悪のりしてきたのは、完全に誤算だった。

あちらもあちらで、後に引けなくなっているのかもしれないが。

——そこまで、鷹逸郎《よういちろう》さんに顔を見せるのがいやなのか。……せっかくの、家族なのに。

鷹邦は、永紀が音を上げるのを待っているに違いない。「セックスなんてできない」と言わせたいのだ。

永紀が拒んだら、「鷹逸郎のため」という永紀の気持ちも、その程度のものなんだと笑うだろうか。

——そういえば、あいつは昔から、俺が鷹逸郎さんを尊敬していると言うだけで、機嫌を損ねるしょうもない男だった……。

祖父をとられると思った孫のやきもちなんだろうとも、思っていた。そんな必要はないのに。鷹逸郎にとって、血のつながった大事な孫は、鷹邦なのだから。

大人になって、菊理家の顧問弁護士になった永紀は、前以上に鷹逸郎との距離が近くなった。でも、どれだけ距離が近くなろうとも、永紀は鷹逸郎の実の孫にはなれない。鷹邦だって、それくらいは理解できるはずなのだが。

——あいつ、案外ヤキモチ焼きだよな……。

しかし、考えてみれば、子どもの頃から鷹邦が変わらないという話でもあるのかもしれない。

——ああ、そういえば……。

バスタブの湯が揺れ、水音が響く。

その澄んだ響きは、永紀に幼い日のことを思いださせた。

＊　＊　＊

川に行こうと鷹邦が誘ってきたのは、小学四年生の夏休み前、終業式の日だった。別々の小学校に通っていた永紀を門の前で待ち伏せしていた鷹邦は、年齢のわりには体格がよくて、見ようによってはもう、中学生に見えた。

似合わないランドセルをもてあまして、スポーツバッグを肩にかけていた鷹邦は、永紀の手をぐいぐいと引っ張った。

「でも、俺は今から塾の自習教室に行くんだよ」

鷹逸郎のおかげで学習塾に通えていた永紀は、授業がない日でも、自主学習しに塾へ通っていた。将来は絶対、鷹逸郎の役に立てる大人になるんだと、決めていたからだ。目標があれば、努力は苦でもなかった。

「そんなの、一日くらいサボればいいだろ」

誘いを断わったせいか、むっとしたように鷹邦が言う。彼は力強く、永紀の手首を握りこんだ。

「俺は、ちゃんと勉強したい」

「今日は塾の授業があるわけじゃなくて、自主勉強なんだろ。一日くらい休んだっていいじゃん」

「そういう気の緩みが、後々のマイナスになるんだ」

「一日休んだくらいで、気が緩んで勉強しなくなるのかよ。永紀って、案外だらしないなー。じいさんの見込み違いだったのかも」

「おまえにだけは、言われたくない！」

「じゃあ、一緒に来いよ」

「行ってやろうじゃないか！」

……あとで冷静に考えてみれば、あの頃から、鷹邦は永紀のペースを乱すのが上手《うま》かった。いや、乗せられた永紀が馬鹿だったのか。

それはともかく、永紀と鷹邦は、その日はじめて一緒に遠出した。電車に乗って、庄内川《しょうないがわ》の河川敷まで。

岐阜との県境に近いあたりで、そこそこ川の水も綺麗だった。しかし、永紀はもともとアウトドア派じゃないので、この場所にはあまり関心はなかった。

「こんなところに俺を連れてきて、どうしようっていうんだ」

「ニュースで、気持ちよさそうに遊んでるのを見たから」

「……そんなん、学校の友達誘えばいいじゃないか」

面倒くさそうに永紀が言うと、鷹邦は黙りこみ、ぷいっとそっぽを向いた。

なにを不機嫌になってるんだと、永紀は首をひねるしかなかった。本当に、鷹邦はへんなところで子どもっぽい。

「まあいい。ここは石も多いしな。……前からやりたかったことがあるから、実行する」

「やりたかったこと？」

「綺麗な石が欲しかったんだ。大きめな、重しになるような」

「ふーん。なにかわかんないけど、手伝ってやるよ」

そう言うと、鷹邦はやけに張り切って、石を探しはじめた。

これなら、塾に行かなかった時間も有意義になる。

俺が探すよりも、鷹邦が探すほうが……――鷹逸郎さんは喜ぶ、と永紀は思った。

そう、永紀は鷹逸郎のために、文鎮がわりになる綺麗な石を探していた。自然石の文鎮は風情があっていいと、何かのときに鷹逸郎が言っていたから。彼は、墨書をよくしていた。

きっと、孫である鷹邦と一緒に探したと言えば、鷹逸郎は喜んでくれるはずだ。彼の喜びは、永紀の幸せでもあった。

――そうだ、石は見つかったんだ。綺麗な色、変わったかたちをしたものが、いくつも。それなのに、あの馬鹿……っ。

思い出しても腹が立つと、永紀は眉間に皺を寄せる。

鷹邦が手伝ってくれたから、鷹逸郎へのお土産ができたと永紀が喜んでいたら、鷹邦はふざけて永紀を川に突き落とした挙げ句に、せっかく集めた石も川の中へ捨ててしまったのだ。

全身ずぶ濡れになるし、自分で永紀を突き落としたくせに、鷹邦は「なんでびしょびしょになるんだよ、シャツ透けてるだろ！」だなんて、わけのわからない逆ギレをしはじめるし、悪夢のような思い出だ。

――ああ、そうだ。あいつはそういう奴だ。鷹逸郎さんのためになにかしようとすると、昔からなんでもかんでも台無しにするし、理不尽で身勝手だった。

――あいつ、俺のことがそんなに気に入らないのか？

永紀は、鷹邦が苦手だ。

でも、その一方で、彼の人を惹きつける華やかさや才能、それに明るく屈託ない気性や、永紀にはない余裕と自信を好ましく思っていた。

心のどこかで、認めていたのだ。

＊　＊　＊

だから、今、落胆している。

いくら永紀が気に入らないとはいえ、こんな馬鹿げたことをする男だったなんて、と。

さらには、鷹邦に対しての失望を通りこし、あの鷹邦にこんな真似をさせてしまう自分の存在について、なんだかへこんできてしまった。

しかし、ここで引くわけにはいかない。

そう強がってはみるものの、バスルームに立てこもっている現状から、永紀はそっと目をそらしている。

本音を言うと、このまま、どちらも引かずにセックスになだれこむ羽目になってしまったら、一生後悔しそうだ。

――いや、セックスくらい、たいしたことないし。誰もが最初は初心者だし……。

ぶるぶると頭を振って、永紀はそのまま湯に沈みこんだ。

――しょ、初心者……で、なにが悪いんだ！

これだけは、絶対に鷹邦にバレるわけにはいかない。

永紀は、ぎりりと奥歯を嚙《か》みしめる。

勉強に、仕事に一生懸命で、女性と深くつきあっている余裕がなかった。そのことを悔いたことなんてないが、ここにきて、その余裕のなさが鷹邦に翻弄《ほんろう》される原因になっているような気がする。

鷹邦は永紀と違って、外見も交友関係も華やかだ。異性関係だって、きっとそうだろう。子どもの頃から、女子に大人気だったし。

あの男相手に、この手の賭をするなんて、たとえチキンレースだろうとも、無謀すぎたのかもしれない。

だが、落ち着いて対処すればどうにか……――湯であたたまりすぎたせいか、脳までふやけているんだろうか。ぐるぐると思考は巡り、切羽詰まったような心地になってきた。

「おい、永紀。いつまで待たせる気だ」

「……っ、え！」

いきなりバスルームの扉が開き、思わず永紀はお湯の中に潜ってしまった。

「断りなしに、ドアを開けるんじゃない！」

声は上擦ってしまった。震えていた、とは思いたくない。

あいかわらず、鷹邦は不作法な男だ。

大嫌いだ！

「おまえが焦《じ》らすから悪いんだろ」

笑みを含んだ声で、鷹邦は言う。

「のぼせるぞ」

湯気のせいか、眼鏡をかけていないせいか、視界がぶれている。はっきりと、鷹邦の表情も見えない。

でも、人影が近づいてくるのはわかるから、思わず永紀は浴槽のふちにへばりついた。

「お、おまえ、あの、や……っ」

「ほら！」

逃《のが》れようとしたのに、捕まってしまった。水しぶきを立てて永紀の体を抱き寄せた鷹邦は、そのまま永紀を浴槽から抱えあげようとした。

「……っ！　抱き上げるな！」

「このまま、お姫さま抱っこで運んでやるよ」

浴槽の縁にしがみついたのは、条件反射だ。みっともないことになっている自覚はあったが、永紀は必死だった。

「よけいなお世話だ。離せ。濡れるだろ！」

「……なに言ってるんだ」

鷹邦は、声を立てて笑った。浴室に反響した笑い声は、やけに耳に残る。

「これから濡れるのは、おまえだろ。……ベッドの中でさ」

わざとらしく永紀の耳朶にくちびるを近づけ、低い声で鷹邦は囁いた。

今まで感じたことのない熱を、その囁きから感じた。そのとたん、全身の血が、沸騰するかと思った。

──なんだ、今の……っ。

鷹邦はわざわざ、いかにもこれからセックスをします、という感じでムードを作っているのだろうか。

永紀を追い詰め、音を上げさせるために？

鷹邦の思い通りになってやるものか。そう思っているのに、心臓の動悸が激しくなる一方で、自分の体の反応が理解できなかった。勝手に心臓が早鐘を打つようになったり、体が熱くなってきたり。永紀は、混乱してしまっていた。

──なんだ、これ。……なんなんだ、いったい？

永紀は多少、かっとしやすい性格だ。だからこそ、自分で自分を律しようとしてきたし、おおむねそれは成功していたはずだった。

でも、鷹邦の前では、どうしても上手くいかない。

「……なっ、おま、なに……言って……」

「ほら、いくぞ。お姫さま」

「なにふざけてるんだよ、馬鹿！」

お姫さま呼ばわりされた挙げ句に、横抱きされる。ひどく羞恥心を感じて、永紀は暴れた。

裸を見られていることよりも、このまま抱きかかえられていることのほうが、耐えられそうにない。

「本当に、じゃじゃ馬だな。しっかり捉まっていないと、落っこちるぞ」

「うるさい！」

落っこちようとも、鷹邦の腕から逃れられるなら、かまわない。じたばたと悪あがきをした永紀に、鷹邦は「丸見え」などと嘯《うそぶ》いた。

「――！」

どこが、なにが、と問いかえせるほど、永紀に冷静さは残っていなかった。声にならない悲鳴をあげて、身を竦めてしまう。

その隙を鷹邦が見逃してくれるはずがない。彼は完璧に永紀をホールドすると、弾むような足取りでバスルームから永紀を連れだした。

＊　＊　＊

先ほどは回避に成功した寝室への扉が、今回は軽く開いてしまう。

寝室に入った油断からか、ようやく腕の力がゆるむ。その隙に永紀が身を捩ろうとしたときには、一足遅かった。

ぐらりと体が大きく傾《かし》いだかと思うと、背中に軽い衝撃がある。

「……あ……」

永紀は、思わず声を漏らした。

目の前に広がっているのは、天井だ。

永紀は、ベッドに横たえられてしまった。

「……な……っ」

思わず、体が動く。ベッドから降りようとしたのは、ほとんど衝動だった。

「やっぱり、逃げるか」

鷹邦の言葉に、永紀ははっとする。半分起こしかけていた体を、そのままベッドに戻してしまった。

「だ、誰も逃げていない。好きにすればいいだろ！」

思わず、永紀はベッドの上で大の字になった。真っ裸で大の字になるという情けなさには、今は目をつぶる。

「……意地張っちゃって」

鷹邦は、永紀に覆い被さるようにのしかかってきた。腕で彼を押しやるように身をかわそうとしたのは、やっぱり条件反射みたいなものだ。

でも、もがいた腕を摑まれて、そのままシーツへと縫い止められてしまった。

身じろぎひとつとらせてくれないまま、鷹邦は永紀の顔を覗きこんできた。

「……やめたい？」

ここにきて怖じ気づいた永紀を嗤《わら》うというわけでもなく、鷹邦は真摯な表情で問いかけてくる。

勝手なことばかりして、人を振り回しているくせに、どうしてこの土壇場で、こんなふうに永紀の気持ちを探るような真似をするのだろうか。

ただでさえ人目を惹く華やかな面差しをしている彼に、そんな表情をされてしまうと、見ほれてしまいそうだった。

息がかかるほどの距離に、鷹邦はいる。

心音が、やたら大きく聞こえていた。

やめるといったら、鷹邦はここでストップしてくれるだろう。

でもそれは、白旗を揚げるのと同意だ。

鷹邦は永紀に引けと言っているのだ。

二度と、菊理家に戻らない、もう自分には干渉するな、と。

――そうはさせるか。

ぎりっと、永紀は奥歯を噛みしめる。顎に力を入れていないと、カチ合う歯が鳴ってしまいそうだった。

――男相手にセックスなんてできるものか知らないけど……。鷹邦がするっていうなら、相手をしてやろうじゃないか。

正直に言ってしまえば、できると言われてもぴんと来ない。性的なことに疎い自分にとっては、さぞ刺激の強い経験になるだろうけれど。

恋をする相手もいない。恋をしたいとも思っていない。そんな自分にとって、好きでもない相手と、取引でセックスすることくらい、どうってことないように思えてくる。

——鷹邦は俺と違って、大学時代は遊んでいたみたいだしさ。男相手はどうか知らないけど、こういうことにも慣れているのかもな。

鷹邦にとっては、男の永紀相手にしたセックスも、ちょっと目先の変わった遊びくらいの感覚なのかもしれない。

気の置けない友人との間で、ネタにされるような。

——俺は馬鹿だ。

こんな賭け、最初から成立させてはいけなかった。一から十まで、永紀にとって分が悪すぎる。

しかし、後悔しても仕方がない。

逆に考えれば、こんなばかばかしい条件で、鷹邦が菊理家に戻るのだ。犠牲になるのは永紀の体ひとつなのだから、喜ばしいことだと思うしかない。

——初めてだからって……。別に、大事にしておくようなものでもないしな。

少し心配しているのは、この年になって、女性とのセックスの経験すらなかったことを、鷹邦に見透かされやしないかということだった。

別に、身持ちが堅いことは恥ずかしいことじゃないはずだ。でも、羞恥心というのは、理性ではままらない。

――知られたら、からかわれそうだし。

まるで、十代の少年みたいなことを、考えてしまう。

永紀は、小さく頭を横に振る。余計なことに気を回していたせいか、少しだけ気持ちがほぐれた。

刺すように強い光を湛えている黒い瞳を、永紀は見据えた。ようやく、真正面から彼を、見つめかえすことができた気がする。

「誰がやめるか」

喉がひくつく。でも、強がりがばれていないと思いたい。

「どこからでもかかってこいよ。こんなの、たいしたことじゃない」

賽《さい》は投げられた。

その瞬間、体が強張ることだけは、抑えることができなかった。そんな永紀を、鷹邦は強く抱き寄せる。ぎゅっと、きつく。永紀の反発も緊張も全部、包みこむかのように。

「たいしたことじゃない、ね……。じゃあ、経験豊富そうな永紀に、たっぷり楽しませてもらおうか」

鷹邦は、低く声を立てて笑った。

彼の顔が、ゆっくり近づいてくる。

子どもの頃だって、鷹邦にちょっかいを出されて、こうして互いが近づいたことは何度もあった。でも、あの頃の距離と、今では意味が違う。

彼の体温を、呼吸を、鼓動を強く意識して……——永紀の心音は、大きく音を立てて跳ねた。


律儀な男だ。

そう思ったのは、まずくちびるを求められたからだ。

そっと触れあうだけの、キス。くちびるが重ねられた瞬間、永紀は思わず目をつぶってしまった。

永紀にとって、生まれてはじめての口づけは、ひたすら優しい感触でしかなかった。

取引条件として体を差し出した以上、快楽だけを求められるような真似をされても仕方がないと思っていたのに、こんなふうに触れられるなんて、思ってもみなかった。

体の中でも皮膚が薄く、粘膜に近いそこに触れられたからか、全身がぴりっと痺《しび》れた。まるで、電流が走ったみたいだった。

ただの意地の張り合いの果ての、セックス。鷹邦にとっても不本意だろうに……——彼のくちびるの感触は、とびっきり柔らかい。

「どうした、驚いたような顔をして」

鷹邦の声が、永紀の頬をくすぐる。いつもより少し掠れ、低いが、なんとも言えない甘さがそこには漂っていた。

さっきまで、どこか棘がある様子だったのに。くちびるを触れあわせた瞬間、その棘は彼から抜けてしまったようだった。

かわりに、今まで永紀には見せなかった表情を、鷹邦はさらけだしている。

「……する、なんて」

「ん？」

「キスなんて、その、必要じゃないだろ」

「なんだ、せっかちだな。キスなんていいから、さっさとヤれって？」

鷹邦は眉を顰《ひそ》める。

彼は、どことなく苦々しげな表情にも見えた。

「……俺には必要だ」

「キ、キスが？」

「そう。なにせ、人生変えることになるんだからな。おまえを、隅々まで堪能させてもらわないと、割に合わない」

「俺なんかに触って、楽しいのか」

「楽しいよ。……楽しくて、たまらない。我ながら、趣味が悪いけど」

「本当だな」

「馬鹿、否定しろよ」

くくっと、鷹邦は笑う。先ほど彼に宿った影は、その笑い声ですっと消えていった。

まるで、なにか吹っ切ったように。

「まあ、いいや。おまえはおまえだ」

まるで、恋い焦《こ》がれているかのような熱っぽい眼差しで、鷹邦は永紀を見つめた。頬を両手で挟まれ、顔を背《そむ》けられないようにされ、ふたたび強引にキスを奪われたのに、嫌悪感はなかった。

ただ、裸になった鷹邦から伝わってくる体温の高さに、永紀の全身は震えてしまう。

「……ん……っ」

最初は、そっと繰り返し触れるだけ。だが、何度も何度も強く、くちびるを押し当てられていると、熱が永紀に伝染しはじめる。口伝えの熱は、永紀の身のうちのなにかを掻き立てるような、新しい震えをもたらした。

キスとは、こういうものなのか。

――熱い。

くちびるが離れていき、永紀ははあっと息をついた。自分の体の奥に、これまでとは異なる感覚が芽生えたことに、どきっとする。

その違和感は、熱だ。永紀の欲望そのものへと、したたりおちていくかのようだった。

呆然とした。今まで知らなかった、与えられる熱の名を快感と呼ぶことに、今更ながら永紀は気がついた。

ただ触れられているだけなのに、自分の中へと相手が入りこんでくる感覚は、畏れ以上に甘美なものだった。

風呂につかりすぎて、のぼせてしまったわけでもないのに、全身が熱を帯びはじめる。

「……なあ、永紀ってさ。今まで彼女いたっけ。噂、聞いたことないけど」

「お、おまえに答える必要なんてない！」

「……ふうん。まあ、いいけど」

少しだけ、鷹邦は息をつく。

「文句あるのか」

「……あると言えばあるし、ないと言えばないな。でもまあ、そうだな……」

永紀の頬を撫でながら、鷹邦は呟く。

「じいさんぶっ飛ばしたいっていう気持ちと、じいさんに感謝っていう気持ちの板挟みだ」

「……なんで、鷹逸郎さんが出てくるんだ」

「おまえは、知らなくていい」

いたずらっぽく、鷹邦は笑う。

「なんだよ、おまえの弱みなのか」

「弱みといえば、弱みかな。……なんだ、そんなに目を輝かせて。俺の弱みが欲しい？」

永紀の前髪を掻き上げ、鷹邦は額にキスをしてくる。

「俺とセックスしたことが、これからはおまえの弱みになるもんな。俺の弱みも握って、お互い様になっておきたい？」

「お、脅すつもりなのか！」

「脅すもんか。おまえはこれから、俺に可愛がられて暮らすことになるんだからさ」

「俺は、菊理家の顧問弁護士だ。そのついでに、おまえの相手をするってだけで……！」

「わかったわかった。……ったく、そんな緊張しきった顔で強がってるんじゃないぞ？」

永紀を宥《なだ》めるように何度も髪を撫でた鷹邦は、ふたたび顔を近づけてきた。

そして、しっとりと熱を馴染ませるように、くちびるを重ねられる。

軽く下のくちびるを啄《ついば》まれ、ふざけるみたいに引っ張られる。そこに意識が集中したのを狙われ、軽く歯を立てられたとたん、永紀の体はゆるくしなった。

「あ……」

気が抜けたような声が漏れる。それほどに、気持ちいい。

そう思ってしまった瞬間、永紀は強い羞恥を感じた。まさか、鷹邦にキスされて、気持ちいいと思ってしまうとは。

——ありえない。

魔が差したとしか、思えなかった。自分の中からわき上がる見知らぬ感覚に、永紀は動揺を隠せなかった。

「や、め……っ」

上擦った声で漏らしてしまったのは嘆願で、さっと永紀は青ざめた。

負けた。そう、反射的に思った。引くに引けない勝負だというのに。

案の定、鷹邦はわずかにくちびるを浮かせる。でも、互いの体温も匂いも心音も、いやというほど伝わってくる位置をキープしたままだ。

永紀の様子を、窺っているのだろうか。

もう一度いやだと言えば、彼はやめるかもしれない。

鷹邦は、無理をすることはないのだ。もう二度と永紀に、菊理家に戻るよう、口だしはされない立場も手に入れられる。

——そうはさせるか。

永紀は何度も息を呑みこみ、くちびるを嚙みしめた。そして、自分を落ち着かせるために胸で大きく息をついて、ふたたび深く呼吸した。

「……やめ、なくて……いい、から」

自分の上に覆い被さる男を見上げ、両手を伸べる。

はじめての経験だ。きっと、『誘う』なんて呼べるようなものではなかったと思うけれども、小さく鷹邦は息を飲んだ。

予想外の永紀の反応に、驚いたのをごまかしたのかもしれない。

「さっさと先に進め」

広い背中に、腕を回す。自分の胸元を開け放すような体勢は、少し怖い。でも、我慢する。

「おまえこそ、怖じ気づいてるんじゃないのか?」

声を振り絞って、永紀は鷹邦を挑発する。

鷹邦は、押し黙った。

意地っ張りめと、呆れているのだろうか。

永紀は口をへの字に曲げたまま、我慢比べをする。

やがて、鷹邦は小声で囁いた。

「まったく、気が強いやつ。じいさんのためなら、本当になんでもできるんだな。こんなに震えてるくせに、人を煽《あお》ってさ」

瞳の奥を探るように顔を覗きこんできていた鷹邦は、ふと視線をそらす。そして、小声で付け加えた。

「……俺のためじゃないんだってあらためて思い知らされると、きついもんだよ」

それは、もしかしたら永紀に聞かせるための言葉ではなかったのかもしれない。思わず、ぽろりとこぼれたなにか、わりきれない感情の欠片《かけら》だったようだ。

その『なにか』が、今の永紀には理解できない。

——どうしてこいつは、俺が鷹逸郎さんのためになにかしようとすることを、こんなにも嫌がるんだろう。

永紀は、眉根を寄せる。

実の孫として、嫉妬をしているから?

永紀の中では、度重なる鷹邦のいやがらせを、そう結論づけてきた。しかし、そんな必要がないということが、どうして鷹邦にはわかってもらえないのだろう。

それとも、永紀自身が気に入らないから、彼もこんなに頑《かたく》なになってしまったのだろうか?

「恩を返したいと思うのも、いけないのか?」

絞りだすように、永紀は呟く。

鷹逸郎が、今、たった一人の内孫と縁を切った状態のままでいる。他人に頭を下げたりする人じゃない彼が、その孫を頼むと、永紀には言ったのだ。体を壊して気が弱くなっているのかもしれないが、口ではなんて言おうとも両親を亡くした鷹邦が心配で、そして鷹逸郎自身も孤独を抱えているに違いない。

だから、どうにかして二人の間を取り持ちたかった。でも、それはお節介が過ぎたのだろうか。

永紀は、まっすぐ鷹邦を見据えた。

視線が絡む。

古い知りあいとはいえ、決して近しい存在ではない。それでも、今は真っ直ぐ目を見て話をしないといけないと、永紀は思った。

「そんなに、じいさんのことが大切？」

しばしの沈黙のあと、鷹邦はため息混じりに呟いた。

「あの人のためなら、体だって売れるってわけか」

「な……っ」

さっと、永紀は青ざめる。露骨な言い方をされると、今の自分が何をしようとしているのか、突きつけられた気がした。

――体を売るって、そんな言い方……。

永紀の心に、ひっかき傷を作るような物言いに、肩が震えた。

鷹邦はたしかに、永紀にいたずらばかりしてきたけれども、こんなふうに相手の気持ちを傷つけるような、暗い陰りを帯びた言葉を投げつけるようなタイプではなかった。

決して、人の心を傷つけるような言葉を吐く男ではないと、永紀は心のどこかで思っていたのかもしれない。

お互いに、意地の張り合いでここまで来てしまった。鷹逸郎の為という気持ちが先には立っていたのに、まるで冷水をかけられたかのように、一気に頭が冷えた。

……そして、本当に他の道はとれなかったのかと、悔いるような想いが湧きあがってきた。

「……まあ、いいや。今更、お互いに引っ込みつかないだろ」

ふっと、鷹邦は息をつく。

その表情に、なぜか胸が痛んだ。吹っ切ったというよりも、思い詰めた挙げ句に腹を決めたような、ほの暗さを感じる表情だったからだ。

「鷹邦？」

思わず、名前を呼ぶ。怒りも呆れもこめず、するりとくちびるから彼の名がこぼれ落ちたのは、もしかしたら初めてのことだろうか。

鷹邦は口の端を上げた。

「ここまで来たら、おまえを逃がすつもりはない」

どこか怒ったような口調で呟いた彼は、永紀のくちびるを、ふたたび求めてきた。一方的な快楽を得るだけなら、きっと必要ない……――永紀の乏《とぼ》しい性知識の中では、そうとしか思えないはずの行為、キスを。

＊　＊　＊

「……ん、く……ぅ……っ」

もがくように、永紀は何度も頭を振る。

呼吸が苦しいのは、キスのせいだけじゃない。先ほどと違い、永紀の体はしっかりとシーツに押さえつけられた。

逃がさないという、鷹邦の強い意志を思い知らされた気がする。

少し強引なほどに口づけを強いられて、先ほどまでとは打ってかわった荒々しさに、息が詰まりそうだ。

はじめてのキスがどれほど優しく、甘いものだったのか。熱と熱を分かち合うような、慈しみに満ちていたのかを、永紀は今更ながら思い知らされていた。

「あ……う……っ」

顎が上を向くように、強く摘まみあげられる。思わず喘いだくちびるを、食いあうように鷹邦は塞いできた。

食《は》むように動き、より隙間ないほどに永紀と重なろうと蠢《うごめ》くくちびるは、焼けつきそうになるんじゃないかと錯覚するほどに熱い。無意識のうちに歯を食いしばると、いらだたしげにくちびるを噛まれてしまった。

「……んっ」

思わず声を漏らしたとたん、強引に舌先を口内にねじこまれる。内側に、他人が、自分とセックスをしようとしている男が入りこんできたのだ。びくっと、永紀は震えてしまった。

力尽くで、他人の……――鷹邦の存在を意識させられる。こうやって、自分以外の誰かが、中に入ってくるのだと。それが、セックスだと。

呼吸が乱れていく。口の中を濡らしはじめたものごと、鷹邦に吸いあげられていく淫らな水音に、ぞくっとした。自分の体から、その音が漏れていることが受け入れがたいほどに、永紀は恥じらいを感じていた。

「……う……っ、く…」

頬の内側を嬲《なぶ》り、舌同士を絡めたりするだけではなく、鷹邦のいたずらな舌先は、永紀の喉奥にまで入りこんでくる。

そんなところにまで、どうして。なぜ、触れなくてはいけないのか。疑問は浮かぶが、それをつきつめることなどできない。鷹邦が、させてくれない。舌で何度も自分の内側を抉《えぐ》るようになぞられるうちに、頭の芯がぼうっとして、物事を考える力が失せていってしまう。

――熱い……し、うず……く……?

ぞくぞくすればするほどに、下肢が重くなる。熱が集まっていく先がどこかということくらいは、奥手な永紀だって知っていた。

でも、こんなふうにキスだけで、自分の欲望が形を変えていくことがあるなんてことは、想像もしたことがなかった。

できれば、知らないままでいたかった。

頬をねぶられ、舌を吸い上げられ、絡めることを強要され、さらには喉奥を突かれる。刺激によって濡れはじめた内側は、ひっきりなしに潤っている証しが音となって響き、鼓膜へと流れこんできた。

引っ込みがお互いにつかないだろうと、鷹邦は言っていた。たしかに、今、この体を放りだされたら、永紀はどうしたらいいのかわからない。

けれども、こんなふうに口内を貪《むさぼ》ることになんて、意味があるんだろうか。男なら、もっと直接的に気持ちよくなれる場所がある。そこを、使えばいい。そして、このどうしようもない意地の張り合いに、さっさとピリオドを打てばいいのに。

「……も、いい……だろ……」

永紀は鷹邦の胸を押し、彼の体をどかそうとした。

「なんだ、やっぱやめたいのか」

「そうじゃなく、て……っ、早く、することすればいいじゃないか」

取引だというのなら、早く成立させてしまいたい。これ以上、恥ずかしい想いをしたくなかった。

どうせ、鷹邦だって気がついているはずだ。もう、永紀の体が熱くなっていることに。彼にキスされて、欲望を感じていることも。

「……」

鷹邦は、無言で永紀を見つめた。

細められた目から、感情は読み取れない。

ただ、彼は真っ直ぐ永紀を見ていた。

沈黙が痛かった。不自然さすら感じる、無言の時間。やがて鷹邦は溜息をつくと、そっと永紀に顔を寄せてきた。

ぴくっと肩を震わせた永紀をシーツに沈めるようなかたちで、鷹邦は耳打ちしてきた。

「だから、おまえを堪能してるだろ?」

くちびるを少しだけ浮かせ、小さく鷹邦はこぼした。

「おまえが、そんなに即物的だとは思わなかった」

「なっ、ちが……っ」

からかうように笑われて、永紀はさっと頬を赤らめた。

「女相手にもせっかちなほう?」

「……っ」

「それとも——」

「や……っ」

鷹邦は、何事か囁いたようだった。でも、その小さな声は、永紀自身の淫らな声で消えてしまう。鷹邦の腹部が、熱くなっている場所に触れたせいだ。

すでに上を向いているそこは、快感の雫を宿していた。それが流れ落ちる感触さえ、張りつめた場所には強い刺激になる。

「童貞みたいな無我夢中さって、悪くないな」

「ど、童貞じゃない！」

「……まあ、この年なら、それが普通だとは思うけどさ。浪漫感じる反応で、可愛いな」

鷹邦は、やたら含みのある口調だった。なにがなにやらよくわからないが、女性経験があって当然だと思われている気がして、ぐっと永紀は奥歯を噛む。

男だろうと女だろうと初めての経験だということは、永遠の秘密にしておかなくてはいけないと、本能的に感じるのはなぜなのか。

「言っておくが、男と女じゃ同じようにはいかないぞ」

囁きの合間にくちびるをついばみながら、鷹邦が耳打ちしてくる。

「……初めてでも、それくらいは想像がつかないか？」

「……っ」

鷹邦は、無遠慮に永紀の肌へと手のひらを滑らせる。

下肢のものへと指先を伸ばされて、永紀は思わず悲鳴をあげそうになった。咄嗟に声を飲み込んだ自分を、褒めてやりたい。

さすがに、そこに触られたくらいで悲鳴を上げるのは、情けなさすぎる。

「……そ、そこだって、触らなくてもいいだろ……っ」

永紀は声を上擦らせる。

欲望そのものの場所に、触れる必要はない。鷹邦が『使いたい』場所なんて、ひとつしかないだろうに。

——どうすれば、役に立つかなんて知らない……けど。触られたいわけでもないけどな……！

体が重なっている。永紀の欲望が鷹邦に触れているのは勿論、鷹邦のそれも永紀の肌へと触れてしまう。

硬く、たぎるように熱いものは自分と同じ体の形をした相手の一部分だというのに、永紀をひどくうろたえさせた。正直に言ってしまえば、怯えもしていた。

——かた、い……し。大きいような……？

セックスすることに対してよりも、鷹邦の欲望そのものに怖じ気づいた自覚で、永紀はいっそ消え入りたくもなった。こんなものに怯えるなんて、今までなかったことだ。

「どうして？」

身を竦《すく》めた永紀に、そっと鷹邦は耳打ちをしてくる。鼓膜をくすぐるような、甘い声で。

「……そんな、の……。だって、おまえは気持ちよくならない、だろうし……」

いやいやと首を横に振りながら、永紀は声を絞りだす。どうしてこんなことを言わなければならないのかと、羞恥をこらえるようにシーツを握りしめて。

深く、鷹邦は溜息をつく。

「あのさ、俺って、おまえの目にどう映ってるんだ？　いくらなんでも、自分だけ好《よ》くなればいいって思うほど、鬼畜じゃないぞ。おまえが俺の手で気持ちよくなって、あんあん言ってる顔を眺めるのだって、俺の楽しみなんだけど？」

「あ、悪趣味だ……！」

男が喘いでいる姿を見て、なにが楽しいのだろう。永紀には理解できない。思わず、顔を両手で覆ってしまう。自分の表情が鷹邦を楽しませていると聞いて、どうして平静を保てようか。

「セックスって、そういうものだろ」

含み笑いでそう言われ、思わず永紀は口を噤《つぐ》んでしまった。そんなの知るか、と言えるはずもない。

「……あのさ、そんなに怖がることないって」

顔を覆った手の甲に、そっと鷹邦はキスしてくる。

「すっげー大事に、お姫さまみたいに抱いてやるから」

「な、なにするんだ……！」

「なにって、キスしただけだろ。……おまえさ、そういう初心《うぶ》な反応って、相手煽るだけだって、その賢い頭によく刻みこんでおいたほうがいいぞ」

「……ば、馬鹿にするな。そんなの、知ってる……っ」

「よしよし、まだ憎まれ口を叩けるか。……よかった」

永紀が顔を覆ったままの手の甲に、そして指先に、鷹邦は舌を這わせはじめる。指の間の、薄い皮膚を丹念に舐められたとたん、つい肩がはねた。そこは、思いがけず敏感な場所だったらしい。

ふるりと指先まで震えた手をとった鷹邦は、ぺろぺろと丹念に、永紀の手を舐める。

「や、やめろ、くすぐった……い……っ」

「くすぐったいだけか？　……ことか、好きじゃない？」

「う……っ」

指の間を舐められると、つい反応してしまう。そこが敏感だということを、ちょっと触っただけで、鷹邦は気づいたようだ。どうしてそんな、気づかなくてもいいことに、気づいてしまうのだろうか。

「……あっ、たか……くに……っ」

「うん。可愛い声だして、そうやって俺の名前呼んでろよ。……それだけで、十分すぎるから」

べたべたになった手の指から甲、手のひらの肉厚になっている部分にキスをすると、鷹邦は永紀の腕をくちびるで辿りはじめる。

二の腕の内側の柔らかな部分に口づけられ、思わず永紀は目をつぶった。あまり人に触られることのないその場所も、感覚が鋭くなっているらしい。

「……ここも、イイ?」

「……っ」

「こうやって、おまえの隅々に触るのが、俺の楽しみなんだ。だから――」

「……っ!」

永紀は、思わず目を見開く。

「ここも、触りたい」

永紀の足の間に入りこんでいた鷹邦が、ぐっと下肢を永紀に押しつけてきた。硬くなっている欲望に、ぴたっと押し当てられた鷹邦の肌の感触。軽く身じろぎされただけで、吐き出したいという欲がこみあげてきた。

押さえがたい衝動をごまかすように、思わず永紀は声を上げてしまった。

「鷹邦……!」

切羽詰まった声で名前を呼ぶと、鷹邦は永紀の額にキスをしてきた。

「怖がる必要はない。楽にしてろよ。天井眺めているうちに、うんと気持ちよくしてやるから」

「……どこから出てくるんだ、その自信……っ」

「……気持ちいいだろう？」

「あ……っ」

永紀の欲望は、自分自身の腹部と鷹邦の体の間で、刺激を与えられつづけている。微妙に体重のかけられかたが変わるだけでも、触れあった部分から淡く疼くような快楽が生まれ、永紀を苛《さいな》む。

「……いい顔するじゃないか。おまえ、敏感だな」

「そういうこと、言うな……！」

「なんで？　褒め言葉だよ。……俺にこんなふうに反応してくれるなんて、最高だ」

「……っ」

のけぞった永紀の首筋にキスをしながら、鷹邦は手を下肢に降ろしていく。くちびるが首筋から鎖骨を辿り、骨の窪をなぞるように器用な舌が蠢くのにあわせて、鷹邦の指先も下へ這っていく。

そして、キスを繰り返しながらも、すっかり勃《た》ってしまった場所へと、鷹邦は指を伝わせてきた。

「……う、ん……っ」

反射的に腰を逃そうとする永紀を、鷹邦は口づけで捕まえた。

永紀に何度もキスをして、粘膜をいじられる心地よさを植え付けながら、鷹邦は永紀の欲望そのものを煽る。

すでに形が変わっているそこは、先端から溢れる透明の滴にまみれていた。それを全身に塗り込めるように、彼自身の指先に絡めるような、ねっとりとした動きで、他人を知らない永紀の欲望を煽っていく。

「……ひっ、あ……！」

永紀は、思わず目を見開いた。

反り返った欲望が、ひくひくとひくついている。そして、ぐっとこみ上げてくるような、感覚。永紀は思わず、いやいやと頭を横に振ってしまった。

「だ、め……だ……っ」

セックスの経験がない永紀でも、自慰《じい》くらいはしたことがある。そして、自然現象として、欲望が吐き出されることがあるというのも、知っていた。

そのときと同じ感覚が自分の内側からせり上がってきたことに、永紀は強い羞恥心を抱いた。よりにもよって、鷹邦の手によって。

「駄目じゃないだろう？　とても、気持ちよさそうだ。こんなにイイのは初めてだって、おまえのここは言っているみたいじゃないか」

「あ……っ」

根元から先端へ。筒状にされた手のひらで、強く肉色の欲望そのものの部分を擦りあげられて、思わず永紀は声を漏らす。

小さな先端の孔《あな》が開こうとするのも、奥からなにか吹き上げようとするのも、突き上げるような衝動のせいだ。自分の反応がとても恥ずかしいもののような気がして、永紀は目をつぶってしまった。

とても、鷹邦の顔を見ていられない。

「……いい子だ。そのまま、イっていいぞ?」

「……なっ、や、だ……っ」

子どもじみた甘え声で永紀は呻いてしまった。欲望を、他人の……――しかも鷹邦の前で解き放つなんてこと、とても耐えられそうにない。

「やだじゃない。……意地を張るなよ。ほら……っ」

「……ひっ、やだ、擦るな、馬鹿!」

「手で擦られるのがいやなら、舐めてやろうか」

永紀の体を滑りおちるように、鷹邦は下肢へと顔を伏せた。そして、火照《ほて》ったように熱くなったものを、ためらいも見せずに口に咥《くわ》えこむ。

「やっ、ひ……っ。あ、あう……!」

鷹邦の口内に、熱を蓄え、かたちを変えきってしまっていたものが、含まれる。頬の粘膜をぴったりと寄せられるように吸い上げられると、抑えきれない嬌声がひっきりなしに溢れはじめた。

「……あっ、や、だ、め……っ、それ以上、駄目だ、だめ……！」

怖い。

永紀にとっての欲望は、いつだって自分自身でコントロールできるものだった。決して、他人の自由にされるようなものじゃない。

それなのに今、永紀の体も欲望も、永紀のものではなくなってしまっている。鷹邦の望むままに翻弄されている。声を上げたくなくても、感じたくなくても、永紀の意思なんておかまいなしだ。

「やだあ、や……っ、や……あ…」

他人によって引きずりだされる快感が怖くて、永紀は噎《むせ》び泣く。こんなのは嫌だ、こんなのは知らない、と。

そんな永紀をあやすように、時おり腰や太股をさすり、濡れた下生えをまさぐりつつも、鷹邦はひときわ強く、永紀の欲望を啜《すす》りあげた。

ぐちゅ、にゅぷ、と濡れた音がひときわ大きく響く。それが、自分の体に鷹邦が触れて、溢れてくる音なのだと、永紀は思いたくなかった。

「……っ、や……あ、あ……ん、あ……っ、ああ……！」

泣きじゃくり、両手で目元を擦りながら、永紀は嬌声を上げる。腰が大きくひくつき、背中を波打たせながら、とうとう抗いがたい欲求に屈してしまったのだ。

「……ふ…あ……」

口を閉じることができない。欲望を鷹邦の口内に吐き出すとともに、全身の力も抜けてしまっていた。

「……気持ちよかっただろう?」

「……しら、ない……、こんなの、しらな……い……」

駄々っ子みたいに、永紀は「知らない」と繰り返す。自分の欲望というものに向き合うのが、今は怖くて、恥ずかしくてたまらなかった。

「……可愛いなあ、もう」

「あっ」

大きな音を立てて、鷹邦は永紀の太股の内側にキスをした。敏感になっている付け根の部分に触れられて、永紀は思わず息を乱す。

達したばかりで、ただでさえ些細な刺激に体が敏感になっていた。くちびるをそこに押し当てられるだけで、どうしようもなく震えてしまった。

「……るな、触るな、ばか……」

「……そんな可愛い声で『馬鹿』とか言われると、すげぇ興奮する」

「おまえ本当に最低だな!」

「うん、でも『気持ち悪い』とかじゃなくて、よかった」

「や……っ」

「……恥ずかしがってるだけなんだなって」

「は、恥ずかしいとかじゃなくて……！」

「俺とおまえしかいないんだから、好きなだけ声だして、感じてくれていいんだぜ」

「それが一番問題だ、馬鹿！」

「俺とおまえ以外がいるのも、『俺以外』の誰かとおまえがこんなことするのも、俺にとっては最悪の展開なんだよ、ばーか」

からかうように笑いながら、鷹邦は何度も何度も永紀の太股の内側にキスをする。その部分に、さらにきわどい場所に触れることに、慣れさせるかのように。

やがて、湿り気を帯びた鷹邦の指先は、永紀のさらに奥へと入りこんできた。

「……っ、どこ触って……」

目の奥が、じんわり熱くなる。

羞恥心のあまり理性が焼き切れ、感情的になっているみたいだ。自分でも、どうしてこんなことでと思うのだけれども、瞳が濡れてしまった。

鷹邦が触れているのは、およそ他人に触らせるべきではない場所だった。肉づきの薄い永紀の臀部《でんぶ》の狭間。そこに、彼は指を押し当ててくる。

「……ここ、濡れないだろ」

まるで内緒事を話すみたいに、声を潜めて鷹邦が耳打ちしてくる。

「女の子みたいにはいかないんだからさ、時間かけなくちゃ。このままじゃ、入らない」

「そんな、の……」

入らないって何が、なんて。さすがに、このごに及んでそれがわからないほど、永紀も幼くはない。

——入る、のか……？

ごくり、と喉が鳴る。

身じろぎすると焼け付くように熱いものに肌がこすれるので、鷹邦の欲望がたぎっているのはわかっている。自分に触れて彼がそんな反応をするのも衝撃だが、気まぐれに触れるだけで重量を感じるほどのものを、永紀の体が受け入れられるなんて、ちょっと信じられない。

「とろとろにしてやるから。忘れられなくなるほどに、俺で気持ちよくなればいい。……俺とのセックスにハマっちゃって、他の誰ともできなくなるほど」

鷹邦は、まるで舌なめずりする獣みたいだ。犬、いや、もっと獰猛《どうもう》な生き物。あたかも、飼い馴らされない狼のごとく。

この男に、首輪をつけるのは並大抵のことではないのかもしれない。ぼんやりと、永紀は考えた。

自分の身一つと引き替えに、果たして首輪をつけることができるのだろうか。ここまできたら、もう後に引けない。手綱を握るのは荷が重すぎるだなんて、弱気になったって仕方がない。

「おまえのその自信、へし折ってやるのが楽しみになってきたよ」

吐き捨てるようにそう言って、永紀は腕で目元を覆う。

弱く、羞恥をひたすら煽られる場所に触れられていて、体の震えは止まらない。それなのに、まだ強がりを捨てられない。こんな永紀は、滑稽《こっけい》だろうか。

「……ああ、それだけ元気なら、俺も安心して――」

「……っ、あ……！」

「おまえを、可愛がれるというものだよ」

永紀は、思わずのけぞってしまった。

永紀の小さな後孔の縁《ふち》を押す指に、力がこもった。すぼまったその場所の堅さをたしかめるような手つきに、永紀は思わず吐息をつく。

そんなところに触るなと、言える立場じゃない。でも、言いたい。弱音は無理やり呑みこむが、からからの喉にひっかかってしまった。

――これがセックスなのか。

自分ですらろくに触らないような場所を、他人に委《ゆだ》ねる。羞恥心を堪《こら》えて、理性を押し殺して、快楽を求めるために。

――こういうの、好きじゃない……。

頭でものを考えるのは得意だが、感覚に身を任せることには抵抗がある。未知への曖昧な怯えに、永紀は苛まれていた。

「体、楽にしていろよ」

「……んっ」

欲望を満たされたばかりのものに、ふたたび鷹邦は指を搦《から》めてきた。それと同時に、すぼまった小さな孔を刺激するように、軽く指の腹で弄《いじ》りはじめる。

そのすぼまりが開けば自分の中に鷹邦の指が入りこんでしまうのだと思うと怖くて、下腹部に力が自然と入った。しかし、萎えたはずのものを刺激されただけで、甘ったるい声が漏れて力が抜けてしまった。

自分のものとは思えないそれに、永紀はかっと頬を赤らめる。

そうされるべきではない、自分自身でも弄らないような場所に触れられているのに、欲望そのものを手のひらに包みこまれたせいで、快感を得てしまっている。それが、とても罪深い行為のような気がして、永紀は声を震わせた。

「……気持ちよくなんて、しなくていいから……。……用があるところだけ、触ってればいいだろ……！」

強がっていたい。涼しい顔をして、ことを進めてしまいたかった。鷹邦ごときに、翻弄されている姿を見せたくない。そう思っていても、抗うように体を捩《よじ》ってしまうのだけは、抑えられなかった。

でも、これは取引だ。鷹邦には逆らえない。抵抗はどうしても弱々しいものになる。

かたちだけの拒絶をしている自分は往生際が悪すぎて、腹をくくり切れていないみたいで、なんだか情けなくなってきた。

「おまえがよくならなければ、俺だってつまらない。……なあ、まだそれがわかってもらえないのか」

鷹邦は、悩ましげに息をつく。

「伝わらない、か?」

わからない。伝わらない。鷹邦の言葉が、永紀には理解できなかった。セックス初心者に、過ぎた要求をしないでほしかった。

「……なあ?」

「……あ……っ」

永紀は、大きく背をそらせる。

鷹邦の大きな手のひらに包まれた欲望は、あっけないくらい簡単に熱を蓄えてしまう。一度満たされたはずなのに、なぜこんなにもたやすく、快楽に反応してしまうのだろうか。

そのまま擦られると、息があがり、心音が早くなり、追い詰められていくような心地になってくる。

快楽を引きずりだされ、追い上げられて、乱れていく。

他人の手に導かれ、悦楽を極めるのは怖いことのはずだったのに、こうして乱された先にある、淫らな愉悦を知ってしまった体は、まるで期待でもしているかのように、敏感になっていた。

——う、そ……。

達したばかりなのに。あんなにいやだと、怖いと思っていたのに。鷹邦の手の中で、また永紀の欲望が膨《ふく》れあがっていく。

最初のときと違って、先走りもたやすく流れはじめる。なによりも、快感を期待して喉が鳴ったことに、永紀は怯えていた。

怖いのではなく、いやなのではなく、「もっと」と思ってしまったことを自覚して、思わず顔を覆う。でも、それより先に、ほころんだくちびるからは甘い声が漏れてしまった。

「……すげぇ、色っぽい」

鷹邦は、ほくそ笑む。

「そういう顔、もっと見せろよ。そんな、蕩《とろ》けた顔を見たのははじめてだ。……気持ちいいこと、好きになれそうか?」

永紀の肌をなぞるように手をすべらせて、鷹邦は呟く。

「なあ、こんなに気持ちいいのは、初めてなんだろ？」

「……そういうこと聞くの、悪趣味、だって言ってるだろ……っ」

「そうかな？　……仕方ないじゃん、気になるし」

とぼけたことを言いながらも、鷹邦は巧《たく》みに永紀を追い詰めていく。

熱に浮かされたかのように、なかば閉じられなくなったくちびるの端からも、ねっとりとした体液が溢れた。

それを拭うこともできない。みっともない顔を、永紀はさらしてしまっている。

「……っ、ん……。あ、ああ……。も、う……っ」

小さく、永紀は身震いをする。

ぐっと目を瞑る。

体内に渦巻く熱は、出口を求めていた。その出口は、鷹邦の手のうちだ。自由にならないそこが、もどかしい。

でも、みずから求めることは、絶対にできない。

「あ……う、う……っ、く……」

永紀は必死で声を殺そうとする。でも、できない。あられもない声は、ひっきりなしにこぼれてしまっていた。

二度目だからだろうか。快感を味わうことを、体がためらわない。それどころか、楽しみはじめている気がした。

鷹邦は笑っている。

「いいぞ、もう一度イっても」

「いや……だ…」

永紀は、しきりに首を横に振る。

「気持ちいいんだろ?」

「誰が、おまえなんかに触られ…て……」

「そう、俺なんかで気持ちよくなってるんだよ、おまえは。……だって、俺とセックスしてるんだからさ」

呼吸を吐き捨てるような荒々しさで、鷹邦は言う。

「おまえは、俺のものになるんだ」

「誰が……っ」

支配欲が滲《にじ》んだ言葉に、条件反射みたいに反発する。罵《ののし》ってやろうとした瞬間、永紀は大きく目を見開いた。

息ができない。

勃ちきってしまったそれの先端が、突然あたたかなものに包まれた。鷹邦の口の中へ、もう一度そこは迎え入れられたのだ。

片手で永紀のものをとらえ、一方で永紀の奥を指先は探りつづけている。その上、敏感な先端を口腔に咥えられてしまったら、永紀はひとたまりもなかった。

ちゅっと吸い上げられたとたん、声にならない叫び声が上がる。

「や、馬鹿、鷹邦……っ、やめろ、いや、いやだ……！　それ、駄目……！」

口内にそこを包まれたときの、強烈な快感を知ってしまったばかりだ。また同じようなことをされたら、永紀はひとたまりもない。

腰を逃がすようにもがくが、鷹邦はそれを許さなかった。

彼はひときわ深く永紀のものを咥えこむと、くちびるをすぼめるように強くしめつけ、根元から先端まで扱《しご》いた。

「……や、あ……、出る……っ！」

ひときわ甲高い悲鳴は、もう自分のものとは思えない。

ひくりと、鷹邦の指を押し当てられた、奥のすぼまりが収縮する。

永紀は鷹邦の目の前で、達していた。最初のときみたいな恐怖感を快楽への期待が上回ったせいか、あっけないくらいだ。噴きこぼれた白濁は先端を包みこんでいた鷹邦のくちびるや手のひらをしとどに濡らしている。

「……や、いやだ……」

ゆるく頭を横に振るが、もうあとの祭りだ。

鷹邦は口元を拭い、舌で指を舐める。ねばついた白濁が、ふたたび彼を汚していた。でも、その淫らな汚れが、彼をやけに官能的に見せる。

「これくらい、濡れれば大丈夫か。力も抜けただろうしな」

呟いた彼は、力が抜けきった永紀の足を大きく左右に開く。そして、狭間に押しつけていた指先に、ぐっと力をこめた。

「ひ……っ」

永紀は思わず、シーツを摑むようにもがいた。

「怖がらなくても大丈夫だってば。さっきも、気持ちよかっただろう？　同じように、よくしてやるから」

「や……っ」

なだめるような言葉も、永紀の耳には届かない。

すぼまった小さな孔に、鷹邦が入りこもうとしている。そこに意識が集中して、余計に敏感になり、永紀は追い詰められたような心地になった。

「……も、さわ……んな……っ」

「いいから、楽にしてろよ」

「ひ……っ」

べたべたに濡れた指が、すぼまった場所の縁を丹念に揉みはじめる。最初は違和感が気持ち悪いくらいだったが、鷹邦に揉み押しされているうちに、そこは少しずつ緩みはじめた。

指の先をひっかけるように、その縁を下に押された瞬間、思わず永紀は身を竦める。

「な……っ、や……ぁ……」

「楽にしていろってば。すぐ入るようになるから」

「……っ」

永紀は全身を強張らせながらも、その瞬間を覚悟しようとする。

緊張のあまり、体ががちがちになっていた。そんな永紀をあやすように、鷹邦は体のあちらこちらに口づけてくる。胸や腹部を、丹念に。吸い上げられた肌には、小さく火が点《とも》っていった。

「……ひ、う……っ」

永紀は両手で口元を押さえた。

あられもない声が漏れてしまう。今の自分は、とてもみっともない。

「怖くない。俺は、おまえを傷つけたりしないから。……一緒に気持ちよくなれるよう、準備してるだけだ」

涙や、その他の体液でぐしゃぐしゃになった顔を手のひらで覆って、涙をしゃくりあげている永紀の体を、鷹邦は根気強くほぐしていこうとしていた。

強引なくせに、とても優しく。

「あ……う…っ」

永紀の中を泳ぐ指先は、とても慎重だった。戸惑うそこをかき分けるように、奥へと入りこんでくる。

まるで、永紀を内側から愛《め》でているような、優しい手つきだった。でも、襞《ひだ》を伸ばすようにぐっと押されたり、中で指を揺らされたりしながら快感に馴染まされたところで、強烈な違和感が消えることはない。

そして、羞恥心も。

「……っ、ひ、や……あ、あっ！」

慎重な指先が、永紀の中のある一点に触れた。その途端、永紀の体は弓なりにしなった。

「……なっ、に……？」

驚きのあまり、永紀は目を瞠《みは》る。今まで与えられたどんな種類の感覚とも違う、強烈なものが全身を貫いた。

「ああ、ここだな。……気持ちいいだろ？」

「やっ、ちが、な……！」

ひくひくと、ベッドに腰を打ち付けるように身じろぎしながら、永紀は喘ぎ声を漏らした。

欲望をふたたび吐き出したあと、おとなしく収まっていたものが、また頭をもたげはじめる。

ひくんと、根元へと強制的に引っ張られ、勃ち上がらされるような感覚に、永紀は動揺する。

強烈な快感が、永紀の中から生まれようとしていた。

「そこ、だめ、やだ、や……っ」

「『嫌だ』じゃなくて、『いい』だろう？」

鷹邦は、小さく息をつく。

「……そろそろ、二本めいけるかな？」

「やあ……っ！」

快楽は、永紀の体を緩ませていた。後孔に二本めの指が潜りこみ、体内から永紀をかき乱す。

そして、三本めもほどなく。

ぐちゅぐちゅと、永紀の体内から、濡れた音が溢れはじめる。欲望そのものではなく、内側から聞こえてくる音は、永紀を苛み、そして恥ずかしいまでに高ぶらせた。

「……あうっ、や……。それ、やあ……っ！」

くちびるも、足も閉じることはできない。永紀の体は鷹邦にすっかり開かれてしまい……

——そして、快楽を教えられてしまった。

何度も何度も指を揺らし、確認しながら、鷹邦は呟いた。

「もう、大丈夫かな。ここ、とろとろになってる……」

「ひっ」

鷹邦が、永紀の中から指を引き抜く。でも、彼に蹂躙《じゅうりん》されたその場所には、まだ感覚が残っていた。熱く、そしてしびれるような、他人の存在感。ぽってりと熱を持ったようで、すぼまっていたはずの場所は息づくように開いてしまった。

「おまえの中、すごく気持ちよさそう」

「……っ」

「……なあ、イれていい？」

「……そういうの、きく、な……」

どうせ、永紀は拒めない。拒まない。それをわかっているのだから、さっさとすればいいのに。

永紀も合意の上で、ことを進めようとする男に、憎らしさすら感じてしまう。

「……聞きたい」

体を起こした鷹邦は、そっと永紀の耳元で囁いた。

掠れた声は、まるで熱に浮かされているかのようで、夢見心地で、甘かった。

「聞かせてくれ。一度でいいから」

「な……っ」

「俺が欲しい、と」

思いがけず、しおらしい声で囁かれて、永紀ははっとした。どうしてそんな、まるで懇願するような口調で、語りかけてくるのだろう。

「……なん、で……っ」

「中に入らせてくれたら、俺はもっとおまえのこと気持ちよくしてやれるし。……なあ、気持ちいいのって、悪くないだろ」

どうしてそんな、切実な声で、表情で、永紀に向かって囁きかけてくるのだろうか。声が孕《はら》んだ誠実すぎる熱に、永紀はついほだされてしまった。

「……わるくは、ない……かも……」

「じゃあ、欲しがって」

「……ほしがってやらないことも、ない……」

こんなことを言わせたがる、理由はわからない。

混乱しつつも、永紀はねだられた言葉を与えてやる。

永紀の瞳に映る鷹邦は、その瞬間、柔らかに微笑《ほほえ》んだ。苦しげに、でも嬉しそうに。

「……うん、もらってくれ」

「……っ」

腰を、抱えあげられる。そして、奥の狭間には、焼け付くような熱のかたまりが宛《あ》てがわられた。

「力、抜いて……」

「……んっ、あ……」

開いたままのすぼまりの、内側の粘膜に高ぶりきった鷹邦が触れてくる。剝き出しになった欲望が、永紀の中に入りこんできた。

「……ひ、う……っ、うぅ……」

シーツを摑んで、永紀は鷹邦の侵入に耐えようとする。熱に浮かされ、理性がかき消えそうになる状態でも、受け止めなくてはと思っていた。

鷹邦の熱を、そして彼が自分に向けている欲望を。

じりじりと、太いものが永紀の中へと入りこんでくる。

他人とこんなふうに、嚙みあうように絡みあうように、欲望を交わらせるのは、生まれてはじめての経験だった。

——こんなに、なるのか……。

体内に感じる他人は、異物であると同時に、熱源だった。ひくひくと脈打ち、固くなりすぎた欲望。永紀の知らなかった、鷹邦の雄の部分……。

こんなものを永紀にさらけ出して、鷹邦はどういうつもりなのだろう。永紀は恥ずかしさのあまり、どうにかなりそうだけれども。

体の内側は随分柔らかいようで、無理だと思っていた大きさの鷹邦にも、そのうち馴染みはじめた。緩く抜き差しされると、違和感だけではなく、甘い疼きすら感じるようになった。

「ん、いい感じだ。……そう、上手だな。もう少しだから、楽に……」

息を切らせるように囁きながら、鷹邦はひときわ強く、腰を打ち付けてきた。

「……んっ、う……！」

「全部入った」

やけに弾む声でそう言った鷹邦は、汗に濡れた永紀の額にキスをする。

「……きつくないか？」

「……ん……」

額に、頬に、そしてくちびるに。顔中に、キスの雨が降る。

その一方で、鷹邦はゆるやかに腰を動かしていた。彼の欲望に穿《うが》たれ、つながれたままの永紀を、あやして揺すり上げるかのように。

「……っ、あ……。く……っ」

最初は違和感と、きつくひきつるような痛みすら感じていたのに、鷹邦が体内に我が物顔で居座っている間に、違和感は快楽へと塗り替えられていく。

「……あっ、う……」

「中……、よくなったみたいだな」

身を震わせた永紀の顔を覗きこみ、鷹邦はあだっぽく笑う。

「もっと、気持ちよくしてやる。……くせになるように」

「……や……っ」

「いやじゃない」

ぐっと、鷹邦は永紀を抱きしめた。

「もう、逃がさないからな」

「…あ……っ」

体内の鷹邦が、ひとまわり大きくなった。押し広げられるような感覚に、永紀は思わず喘ぐ。

「……っ、くる……し……っ」

「俺と、つながってるせいだ」

鷹邦は、熱いくちびるを額に押し当ててきた。そして、永紀を宥めるように、髪や頬を撫でてくる。

「手取り足取り、俺が全部おまえに教えたんだと思うと、それだけで興奮するな」

心の底から嬉しげに、鷹邦は微笑む。なにがそんなに嬉しいのか、永紀にはわからない。でも、切なげな表情よりは、鷹邦は笑顔のほうがそれらしいと思った。

悪くない、とても。

「動くぞ」

「あ……っ」

鷹邦は、ゆるやかに腰を使いだす。

下から突き上げられるたびに、空へ放りあげられるような快感を、そして引き抜かれるたびに、物寂しさに似た疼きを感じさせられながら、永紀は鷹邦とひとつの快感を分かちあう。

イく、と呻くように呟いたのが、どちらの声かわからない。

刹那、ふたり揃って熱が弾けた。

ACT 4

体内を、他人の熱からかき乱される。体だけのはずなのに、つながった部分からぐずぐずになって、甘くとろける。乱されていく。

最初は違和感がひどいだけだったのに、しつこく鷹邦《たかくに》が触りつづけているうちに、熱を持った肉襞《にくひだ》は刺激を心地よさと錯覚しはじめた。腰から下がぬかるみに堕ちてゆくような快感に、永紀《えいき》は何度も身悶えて、泣き噎《むせ》び——。

「……っ、あ……！」

声を上げた瞬間、肌が淡く震えた。体に刻まれた快楽は、夢かうつつか。

その瞬間、永紀ははっと目を覚ます。

動悸が激しい。

他人の体温に敏感になった体は、少しの刺激で反応してしまう。

――俺は……。

意識を失う前に、自分がなにをしていたのか。思い出すだけで、気が遠くなりそうだった。

「悪い、起こしたか」

上から降ってきたのは、聞き覚えのある男の声だ。しかし、耳馴染みのない響きに聞こえてしかたがない。

耳の中がくすぐったくなるほど、甘ったるかった。

「……鷹邦……」

声が窺うような調子になってしまったのも、傍にいる男が昔馴染みかどうか疑わしく思えるほどだったからだ。

そんな声で、鷹邦は自分に話しかけてくるような男じゃない。いったい、どういう魂胆が……――そこまで考えて、はっとする。

永紀が鷹邦に抱かれたから、そのことで鷹邦の中で永紀の立ち位置が変わったということなのだろうか。

嫌がる永紀を宥《なだ》めながら、鷹邦は何度も熱をぶつけてきた。最中のあやすような甘い囁きを、どうしても思い出してしまう。

「眠っていていいぞ。今日は泊まっていけよ。なにか、軽食作ってやるから」

「……なんで……」

「なんでって……。いくらなんでも、ヤったらすぐベッドから放り出すなんて真似、しないさ。おまえ、俺をなんだと思ってるんだ？」

鷹邦は、ため息をつく。

「悪趣味なケダモノ」

吐き捨てるように、永紀は断言した。

「趣味は悪くないって思ってるんだけどな」

くくっと笑った鷹邦は、彼らしくない遠慮がちなトーンで付け加えてきた。

「動くのもきついだろ、はじめてだったんだろうし」

「……っ」

思わず身じろぎして、永紀は眉を顰《ひそ》める。情けない話だが、鷹邦の言うとおりだ。腰から尾てい骨にかけて、痛みが走った。それだけじゃなくて、足にもとにかくだるさを感じた。

「……はじめて、だよな？」

念を押すように尋ねられて、永紀はかっと頭に血が上る。

「……な、なに言ってるんだ、アホ、あーほ……っ！」

全身が熱い。低レベルな返ししかできないほどに、永紀は羞恥心で混乱してしまっていた。

「……はじめてで、なにか悪いか。誰が男となんて……っ」

たしかに永紀にとって、はじめてのキスだった。セックスだった。でも、そんなにも『はじめて』であることを強調することはないだろう。

――嫌がらせかよ。

女性経験豊富な鷹邦から見れば、いかにも永紀のセックスは稚拙だったかもしれない。しかし、人のセックスを笑うなんて、なんてデリカシーのない男だろう。

――ていうか、俺、そんなに初心者丸出しだったか……。

性的なことにも恋愛事にも重きを置いてきたつもりはないのだが、じんわりとショックを受ける。

永紀が女だったら、隠しようもないことかもしれない。しかし、男なのだ。それがはじめてかどうかなんて、簡単にはわからないはずだけれども、鷹邦はなにもかもお見通しという顔をしていた。

永紀が軽いパニック状態なのに、鷹邦は上機嫌に笑っている。

ひどい男だ。

悔しさのあまり、ぎゅっと目を瞑ってしまう。

男としてのプライドを傷つけられたのだろうか。自分の中に、そんな部分があるなんて、思いがけない発見だ。

「……じいさんのためなら、はじめてでもできちゃうのか」

「……っ」

肩にそっと触れられて、自分ががちがちになっていることに気付く。

無意識のうちに、身を縮めていたようだ。

ちっぽけなプライドだが、自分の反応がこなれていないことを自覚すればするほど、恥ずかしさも辱《はずかし》めも感じている。

感情が膨《ふく》れあがり、いっぱいいっぱいになってしまって、頭の中が真っ白になっていきそうだった。

しかし、羞恥に身もだえしている場合ではない。

ここまで、犠牲を払ったのだ。最初の取引を、このままうやむやにするわけにはいかなかった。はっきりと、言質をとっておく必要がある。

——そうだ、俺は鷹逸郎《よういちろう》さんのために。

恥じらっている場合じゃない。

顔を上げた永紀は、じっと鷹邦を見つめた。

この男の誠意は、どこまであてになるのだろうか。そう、考えながら。

「……約束は、守るんだろうな」

永紀は、声を絞りだす。

震えているのを自覚して、ますます追い詰められたような気持ちになる。たいしたことがないという顔をしていたい。さもないと、鷹邦のからかいのネタにされるだけだ。

でも、動揺は抑えられなかった。

昔から顔なじみの気にくわない男に、抱かれた。いくら取引のためとはいえ、自分で納得した上のことだとはいえ、感情的になっていないと言えば、嘘だ。

しかし、そんな自分の気持ちを、永紀は必死に抑えようとしていた。

恩人のためにしたことだ。その、自分にとっての大目標を思い出す。そうすると、苦しい息が楽になる気がした。

自分は間違っていない。

後悔しない。

そう、胸のうちで反芻《はんすう》する。

鷹邦は、永紀の頬に息がかかるほどの距離で、小さく呟いた。

「もちろんだ」

「男に二言はないだろうな」

「ああ。実家に戻る。……じいさんの見舞いして、頭を下げてくるよ。許してもらえるように。それで、いいんだろう?」

「……ああ。おまえにしては上出来だ」

永紀は、肩で息をつく。

鷹邦は嫌いだが、彼は一度口にした言葉を、違《たが》えたりしない。派手な言動が多いが、それと同時に実行力もある。

これで、永紀も報《むく》われる。

鷹逸郎の寂しげな背中を思い浮かべる。あの丸まった背中も、また元のようにしゃんと真っ直ぐに伸びるだろう。

それと引き替えだというのであれば、永紀の羞恥心や葛藤など、どうだっていいことのように感じられる気がした。

「……それでさ」

永紀の頭の両横に肘をついて、少し掠れた声で、鷹邦は囁きかけてきた。

——近い……っ。

思わず、永紀は顔を背《そむ》けてしまう。

こんな、無意味に近くに来ないでほしい。早く永紀を解放してほしかった。

ベッドの上では、鷹邦と対等になれそうにもない。自分が取り戻せない。感情に振り回されて、今だって羞恥で顔が赤くなっているはずだ。

こんな、ろくに頭も回らない状態で、昔からの宿敵と顔を合わせているのは辛かった。

「俺は実家に戻る。……おまえも、俺につきあってくれるんだよな？」

「……わかってる」

不本意ながらも、永紀は頷くしかなかった。

この一度で終わらせてもらえないことは、覚悟している。

「これからも、おまえの相手をしろっていうことだろ。本当に、おまえは趣味が悪いよな」

永紀は、苦虫を嚙《か》みつぶしたような表情になる。

「今更、もうしないなんて言わない。……でも、暇なときだけな」

馬鹿馬鹿しい意地の張りあいが行きついた先がセックスというのは、自分たちも大概だ。鷹邦は悪趣味なことに楽しんでいたみたいだから、これはこれで悪くないと思っているのだろうか。

「おまえがセックスの悦《よろこ》びに目覚めて、積極的になったのは嬉しいが、それだけじゃないって」

「人聞き悪いこと言うな！　おまえにつきあってやるってだけ——」

「そう、仕事でもがっつりな」

鷹邦は含むような笑みを浮かべる。

「仕事でつきあうもなにも、俺は菊理《くくり》家の顧問弁護士だ。事務所としても、喜久栄《きくえい》百貨店グループの与信管理から知財まで一手に引き受けているし、俺も担当している分野があるぞ」

「ああ、とっても頼もしい我が家の味方だ。……でも、それだけじゃ足りない」

鷹邦は永紀の手をとると、軽くキスした。

「菊理家じゃなくて、この俺の、菊理鷹邦の右腕になってほしい」

「……はあ？」

永紀は眉を顰める。

「だから、喜久栄グループに転職してくれ」

「なに言ってるんだ、おまえ」

永紀は首を傾《かし》げるしかなかった。

「なんで転職しなくちゃいけないんだ」

「転職がいやなら、出向っていう形でもいい。俺の秘書になれよ」

「俺は弁護士だ。どうして、おまえの秘書なんかやらなくちゃいけないんだよ！」

鷹逸郎さんの頼みなら考えないこともないけれど、と永紀は付け加える。すると、今度は鷹邦は苦虫を噛みつぶしたような表情になった。

「……まーた、じいさんか」

「俺は鷹逸郎さんに恩を返すために弁護士になったたって、何度も言ってるだろ。鷹逸郎さんの望むかたちで恩返しできるなら、職種はどうでもいい」

「……ああもう、いい。わかった。そのじいさんの可愛い孫を助けろよ！」

自棄《やけ》になったように、鷹邦は声を張り上げた。

「おまえの代になっても、俺が顧問弁護士なことには変わりはないぞ」

いったい、鷹邦はなにをひとりで百面相をしているんだろう。さっきから、嬉しそうになったり、苦しそうになったり、果ては自棄になってみたり。情緒不安定じゃないのかと、思わないでもない。

「もっと傍で、俺を支えてほしいんだってば」

鷹邦は一度天を仰いだあと、なんだかやたらさっぱりした表情で、永紀を口説いてくる。

そう、なにか吹っ切ったかのように。

「法律の知識持っている秘書なんて、最強じゃないか。顧問弁護士兼秘書って、需要あるぜ。……特に、これからの俺には」

ふっと、鷹邦は目を眇《すが》める。

やたらと思わせぶりな言いぐさだ。でも、今の永紀には、その言葉の意味を深く追及している余裕がなかった。

鷹邦は、やたら雄っぽい表情になっていた。鋭い眼差しに、強い意志がきらめいた瞬間、ぞくっとした。

見つめられ、心音が高鳴る。頬の火照《ほて》りを感じ、思わず永紀は顔を背けた。

「だから、おまえは俺の傍に来い」

「断る」

俯いたまま、永紀は即答した。

「いくら、セ……、セックスしたからって、俺の職業選択の自由まで奪われるなんていわれはないだろ」

「怖いのか」

「どうしてそうなる」

鷹邦は、くちびるの端をつり上げた。

「俺の傍にいたら、めろめろにされるかもしれないって……、警戒してるんじゃないのか?」

「……な……っ」

挑発され、つい顔を上げてしまったところで、おもむろにくちびるを奪われた。肉厚なくちびるが、蠢《うごめ》く。永紀の薄いそれを食《は》む。

まるで咀嚼《そしゃく》されるかのような、噛むような口づけ。素肌が粟立ち、永紀は身震いしてしまった。

「……や、く……っ」

腰を撫であげる手のひらは、いやらしい。永紀の中にある、淫《みだ》らな火種を煽《あお》りたてる強風みたいだった。

腰骨のラインを強調するように、したたかな指先がなぞる。その指先が下に降りて、繊細な部分にまで触れようとした。

離れたくちびるが、「勃《た》っている」とほくそ笑む。その瞬間、永紀は羞恥のあまり死にたくなった。

こんなに悔しく、恥ずかしい想いをしているのに、また反応してしまうなんて。いったい、自分の体は、どうしてしまったんだろうか。

「……おまえ、体のほうが正直」

「や、ちが……う……っ」

手のひらで、熱くなりはじめたものの先端を、そっと撫でられる。何度か達したあとで、もう鈍くなってもいいはずなのに、まるで産毛を撫でるような優しい動きでも、そこは敏感に反応していた。

また、形が変わりはじめている。

「俺とのセックス、そんなに気持ちよかった？　ちょっと触られただけで、期待したくなるほど」

「……調子に乗るな……！」

涙目で睨みつけても、説得力はないかもしれない。でも、反論せずにはいられなかった。

気持ちよかったことなんて、死んでも認めたくない。

「永紀が秘書になってくれるなら、俺は頑張っちゃうけどな～。それに、おまえはもっともっと、気持ちいいことができるようになるし。俺の隣は、絶対に居心地がいいぜ？」

「おまえの隣は、世界で一番居心地が悪いだろ」

永紀は、奥歯を嚙みしめた。

なんて調子のいい男だろう。

――気持ちいいことがしたいから、傍にいろってことかよ。そんなに、セックスが好きなのか。ていうか、俺がセックス好きでちょろいと思われてるのか？

一度体を許した永紀だから、二度、三度と貪《むさぼ》ることにも罪悪感はないのだろう。手軽に欲望を満たせる、おもちゃを手に入れたのだと思っているのか。

冗談じゃない。

一度きりとは約束しなかったのが、永紀の落ち度かもしれない。でも、なにも彼の愛人みたいな立場になるつもりは、なかったのに。

「……俺は、おまえの秘書兼愛人になるなんて、ごめんだ」

「いや、愛人のつもりなんてないんだけどな」

永紀の欲望に指を絡めながら、鷹邦は耳たぶに嚙みついてきた。

「ひ……っ」

ちくんと鋭い刺激が、全身にさざ波のように広がっていく。そんな場所が、これほど感じやすいとは、永紀は知らなかった。

知りたくもなかった。

「気持ちいいことにハマりすぎて、抜けられなくなったら困るから？　初心《うぶ》だなあ」

「馬鹿言うな。おまえみたいな横暴な男の部下としてなんて、誰が働いてやるものか！」

「俺に堕ちない自信があるなら、傍にいてもいいだろ」

「そういう問題じゃ……な……っ」

熱を帯びた欲望そのものを、きゅっと手のひらに握りこまれる。

鷹邦の手のひらは大きくて、そして厚みがあった。それに包まれたものは、たやすく形を変えてしまう。根元からゆるく扱《しご》かれただけで、もはや緩んでいる先端の小さな孔《あな》からは、幾度めかもわからない雫が溢れだしはじめた。

「……や、め……っ」

「やめない」

鷹邦は耳たぶを舐めしゃぶりながら、熱い息を吹き込んできた。

「俺の傍にいるって言うまで、やめてやらない」

鷹邦の指先は、巧みに快楽を与えようとする。永紀の欲望のかたちを丹念に辿り、はしたない愉《たの》しみに誘いこもうとしてきた。

「誰が言うか……っ」

たとえ鷹邦に翻弄《ほんろう》されようとも、それだけはありえない。

永紀は羞恥に耐えるように、きつくくちびるを噛みしめた。

＊　　　＊　　　＊

――負けなかった。

心の中で呟いたのは、自分自身への激励であり、最大の褒め言葉だった。

一晩、鷹邦が与える甘い快楽を耐えきったことへ対しての。


「……ゃ、だ……。もうやだ、やめ……っ」

「一言、俺の傍にいたいって言えばいいんだぜ？」

「誰が……っ！」

「……ふうん、ああそう。じゃあ、もっと俺とセックスしような。ていうか、素直になればやめてやるって言ってるのに、そうしないってことは、もっとしたいってことだろ」

「誰もそんなこと言ってない……！」

「だって、俺とセックスしたりないから、折れずに焦らしてるんだろ？　こんなに一杯しちゃうと、おまえのここ、俺のかたちになっちゃうかもな」

「……地獄におちろ……！」


――そうだ、俺は負けなかったんだ……！

気持ちよくならなかったなら、もっとよかった。何度も何度も、鷹邦の手で達してしまったので、それは悔いになってはいても、最後の一線だけは譲らなかった。

鷹邦の部下になるという誘いだけは、どうにか拒みつづけた。

だから、朝まで鷹邦に放してもらえなかったのだが。

体は重く、足運びは引きずるようだった。

翌日になっても、鷹邦に弄《もてあそ》ばれた体は回復しなかった。

何度も有休をとることも考えたけれども、もはや意地のように、永紀は事務所に出勤していた。

鷹邦のベッドから逃げだせたのは、明け方だった。彼がシャワーを浴びている隙に、忌《いま》わしい記憶を大量にこさえてしまったあの部屋を飛びだした。

自宅のアパートに戻り、仮眠で泥のように眠りこんで、少しは体力が戻ったとは思う。しかし、体内深くまで侵《おか》されたダメージは、簡単に消えてくれるものではないらしい。体を動かすたびに、あちらこちらが軋《きし》んでいる気がする。

でも、少なくとも見かけはいつもどおり、きちんとしたスーツを着込んで、身だしなみを整える。疲労が滲《にじ》みでている顔は、表情でカバーだ。

今日は午前中に書類を片付けて、午後は鷹逸郎のもとに報告に行くつもりだ。

鷹逸郎にいい報告ができる。その喜びが、永紀を支えていた。

しかし、出勤した永紀は仕事にすんなり入ることはできなかった。

事務所に着いた永紀を待っていたのは、ボス……――勤め先である、日比野《ひびの》コンサルティングファームの所長の呼び出しだった。


「……出向、ですか？」

呆然と、永紀は呟いた。

「ああ」

所長である日比野は、まだ四十を過ぎたばかり。年より若く見える整った顔立ちは、笑みで緩んでいた。

「菊理家からの申し出でね。君を、喜久栄百貨店のバックオフィスに、常駐として迎え入れたいそうだ」

「……いったい、どこに」

「秘書室らしい」

日比野は、目元を和らげた。

「嬉しいことに、鷹邦くんが戻ってくるから、君にサポートをお願いしたい。よかったね、仁《に》礼《れ》弁護士。君の心配ごとが、ひとつなくなっただろう」

菊理家と個人的に親しい日比野は、永紀と菊理家の関係を知っている。そして、菊理家の内部事情は、当然永紀以上に。

だから、飛び出した放蕩息子が戻ってくることを、日比野は純粋に喜んでいるようだった。

「鷹邦くんは、社内に味方が必要だ。そこで、気心知れた君を招きたいということなんだろう。菊理家に恩を返したいという君の願いとも合致するし、悪い話ではないと思うが」

「いや、それは……」

苦いものがこみ上げてくる。

――あいつ、本気だったのか。

鷹邦の、してやったりという笑顔が、脳裏に浮かぶ。

頭を掻きむしりたいような心地になる。

よりにもよって、正式に事務所に対してオファーするとは。

菊理家の当主としての特権を、なんの義務も果たしていないうちから、乱用する気らしい。

――だから、おまえはいけ好かないって言うんだよ……！

上司の前なので、永紀は平常心を装う。

しかし、内心は煮えくりかえっていた。

「秘書室への出向となると、弁護士としてではないですよね？　そもそも、喜久栄の法務部としての機能は、丸ごとうちが請《う》け負っています」

なるべく平静を取り繕《つくろ》いつつ、永紀は問う。

「そうだね」

「私は弁護士として仕事をし、菊理家へ恩を返したいのですが……」

鷹逸郎さんの望みならともかく、と永紀は心の中でつけくわえた。

「気持ちはわかる。先方も期間限定だというので、私としても君に話を通す気になったんだ」

日比野は、苦笑いした。

「……まあ、これは私情でもある」

「所長？」

「鷹邦くんと、この先の喜久栄百貨店に、君は必要だろうから。鷹邦くんたっての願いでもあるしね。彼のこれからを考えると、自分が喜久栄の実権を掌握するまでの間、気心知れた幼なじみに傍にいてほしいという気持ちは、わからないでもないんだよ」

永紀は、なんとなく察する。

日比野は、鷹邦と永紀が親しいと勘違いしているのだろう。

そして、幼なじみの支えがほしいという鷹邦の頼みを好意的に受け取っているのかもしれない。

誤解ですということはできるが、大人として、さすがに社会性がない態度だな、と永紀も思う。喜久栄百貨店グループは大事な取引先でもあるし。

「……少し、考えさせていただけますか。自分の専門外のことには、自信を持てませんし」

「そうだな。先方への返事は待ってもらおう」

真面目に応えれば、日比野は大きく頷いた。

「では、失礼します」

永紀はぴんと背中を伸ばしたまま、きびすを返す。

そして、そのままの姿勢を保って、所長室をあとにした。

＊　＊　＊

廊下に出る。

携帯が、スーツのポケットで震えていた。

——誰だよ、こんなときに。

眉間に皺を寄せたまま、携帯画面をチラ見する。

『ダーリン』と、差出人の名が表示されていた。

「……」

不愉快の絶頂で、そのメールを開いてしまう。永紀はあやうく、携帯を放り投げるところだった。

『俺は約束を守る。おまえも、俺から逃げるなよ』

ただのテキストだというのに、傲慢さが滲み出ているかのようだ。鷹邦はいつのまにか、永紀の携帯に、勝手にアドレスを登録していたらしい。

「……あいつ……っ」

ぎりぎりと、永紀は奥歯を嚙みしめる。

——今度会ったら、ぶん殴ってやる。

携帯の折り畳み部分のちょうつがいが、みしみし音を立てていた。

誰が、こんな見え透いた挑発に乗ってやるか。

——ガキじゃあるまいし。

おおかた、永紀が血相を変えて、「誰が逃げるか!」と売り言葉に買い言葉でドツボにハマることを期待しているのだろう。

でも、そうはいかない。

無視だ。

返信をしたら負けだ。永紀は、そう思う。

どうせ鷹邦は、永紀の反応を面白がっているだけだ。相手をしたら、つけあがらせるだけだろう。

子どもの頃から変わらない。

彼は無邪気に、永紀に嫌がらせをしているのだ。

そのまま携帯を畳んでしまいこもうとしたところ、また振動してメールの着信を知らせる。

またもや、『ダーリン』からだった。

——あいつは、人を苛つかせる天才なのか。

このまま鷹邦なんかの相手をしていたら、奥歯を嚙み砕いてしまいそうだ。

——無視だ、無視。

そう、心の中で呟きながら、永紀は不愉快なメールを削除して、ついでに鷹邦のアドレスも削除しようとする。

『約束、守ってくれるよな?』

二通目のメールは、そのタイトルだけ。本文は空欄だった。

でも、添付ファイルがついている。

永紀は、さっと青ざめた。

悪い予感しかしない。

携帯を握りしめていた、指先が震えはじめる。その震えをねじふせるように、永紀は携帯を操作した。

ファイルを開いたとたん、永紀は天を仰ぐことしかできなかった。

正視に耐えがたい写真は、無言の脅迫でしかない。

罵《ののし》ってやりたい。

だが、言葉も出てこない。

昨晩のことが、さっと脳裏をよぎる。

鷹邦の下で身も世もなく啜《すす》り泣き、みっともない喘ぎ声をあげてしまったという事実――。かあっと体が熱くなり、大きく視界がぶれた。怒りのあまり立ちくらみがするなんて、初めての経験だ。

「あの野郎……！」

メールの削除だけは忘れなかったが、永紀はきびすを返した。そして、今出てきたばかりの部屋へと早足で戻った。


「所長、喜久栄百貨店からのオファーを受けます。……その件について、鷹邦氏と話をしてきます」

ノックの返事を待つ間ももどかしいほどで、永紀はドアを開けるなり言い放った。

たぶん今、表情が消えている。もともと感情的になりやすい自覚はあるから、かっと気持ちが高ぶったときには、そうするように癖をつけていた。子どものころ、自分の感情よりも周囲の大人たちの事情を慮《おもんぱか》るようにしていた名残りでもある。

今の職業的にも、ポーカーフェイスは大事だ。なにも無駄なことはないな、と永紀は思っていた。

日比野という男は、まず物事に動じる人ではない。だが、さすがに面食らった表情になる。

「君が決めたのなら、私としてもありがたい。だが」

「……はい？」

「いや……。先ほどから、右手からみしみしと音がしているようだが」

「すみません、関節炎で骨が軋んでいます」

「……そうかね」

日比野は、小さく相づちを打つ。

「今から、菊理家へ？」

「いいえ、鷹邦氏の仕事場へ」

永紀は、にこやかに微笑《ほほえ》んだ。

「一刻も早く、彼に会いたいです」

それは勿論、殴りとばすために。


小一時間後、永紀は鷹邦と熱い再会を果たすことができたのだった。

ACT 5

——社長付き特別顧問、ね。

自分の新しい肩書きが印刷された名刺を、永紀はしんねりした眼差しで見据えた。

受け取った瞬間に破り捨てそうになったが、急遽名刺を手配させられた喜久栄百貨店総務部の社員には、なんの罪もない。自分のために用意されたデスクに案内され、愛想よく礼を言って総務の社員を送りだしてから、永紀は後ろを振り返った。

「……すべてのことが、おまえの思いどおりになるとは思うなよ」

低い声にドスを利かせれば、大きなデスクに陣取って、にやにやしながら成り行きを眺めていた鷹邦が、口の端を上げた。

彼にも、今日から新しい肩書きがつく。『喜久栄百貨店グループ取締役社長』という、重い肩書きが。

メールを送りつけられたあと、永紀が鷹邦を殴りとばしに行ったときには、すでに彼は鷹逸郎との和解を果たしていた。

殴ろうとした瞬間にそれを告げられて、永紀は鷹邦を殴れなかった。鷹逸郎が喜んでいると思うと、自分の怒りを鎮めるしかなかった。

ぼこぼこにしてやる、という初心を貫徹できなかった結果、目の前の鷹邦は小憎らしいくらい男前な顔のまま、書類を眺めている。

――くそっ。単純に横暴で無能ってわけじゃないのが、また腹立たしい……。

永紀は、小さく舌打ちをする。

結局のところ、永紀は鷹邦の画策したとおり、彼の秘書という名前の玩具として、傍に招かれたみたいなものだ。

それでも、鷹邦が鷹逸郎と和解して、鷹逸郎が孫を取り戻したということであれば、永紀としては体を張った甲斐がある。

和解はしたものの、鷹邦は実家で暮らすつもりはないようだ。あの小さなビルにある部屋を、彼は思いのほか大事にしているらしい。週に一度は実家に顔を出すと、鷹逸郎とは約束したのだという。

なぜか永紀も一緒に鷹逸郎のもとへ行くという話になっているようで、保護者がいないと家に帰れないのかと嫌みを垂れたら、「俺とおまえはパートナーなんだから当然だろう?」と倍返しされた。

それはセックスフレンドということだろうか。最低すぎる言いぐさに、ド突いてやりたくなったが、永紀はぐっと堪えた。

自分の体を玩具として与えることで、鷹邦みたいな男に首輪をつけられたのだから、よしとしなくては——。

さておき、今日から鷹邦は喜久栄百貨店グループの人間だ。

鷹邦の社長就任に伴い、鷹逸郎は会長職への勇退を発表する。一日も早く治療に専念する必要がある体だし、鷹邦の気が変わらないうちにという想いもあるようだった。

後継者として鷹邦が戻ってきて、鷹逸郎はとにかくほっとしたようだ。

オーナー社長だった鷹逸郎の決定に、逆らえる者はひとりもいない。鷹邦は異例の若さで、社長職を継ぐことになる。

鷹邦はこれまでも、一応は他社の社長だった。でも、喜久栄グループと比べものにならないほど小さな会社の経営者だったので、経験面や手腕面で疑問符を社内の誰しもが抱いているだろう。しばらくは、鷹逸郎のバックアップを全面的に受けることになる。

突然のことに、社内に動揺が走ったのは当然だ。

鷹邦の義理の叔父であり、取締役である菊理伸一《しんいち》に至っては、動揺のあまり永紀にまで電話をかけてきたくらいだ。

本当に、鷹邦なんぞを社長にするのか、と。

鷹邦なんぞという気持ちは永紀にもある一方で、伸一よりはマシじゃないかというのも本音だった。

鷹逸郎の思惑もあれば、伸一自身がイマイチ頼りない人でもあるという、永紀自身の彼に対する印象のせいもある。

——伸一氏が動揺するのは当然だろうけどな。彼も社長候補のひとりだったわけだし……。鷹邦のせいで、もう社長就任はないだろうけどさ。

伸一は、鷹逸郎の一人娘であり、鷹邦の叔母にあたる佐喜子《さきこ》の夫だ。しかし鷹逸郎は、伸一は覇気がないと、あまり好いていないようだった。

鷹邦を跡継ぎにという鷹逸郎の強い意志は、伸一には継がせたくないという気持ちの表れかもしれない。鷹逸郎と話をしていると、永紀はそう感じることがあった。

伸一はやたら愛想がいい人だが、聡明でトップの器かと問われたら、返事に躊躇《ちゅうちょ》する。それ以上でも、それ以下でもない。

家を飛び出した鷹邦よりも、伸一のほうが次期社長としては無難かもしれないと思わないでもないし、社内にそういう意見があっても不思議ではない。ただ、才知のきらめきや将来性というと、やはり鷹邦に軍配が上がる。

——俺よりも絶対に、鷹逸郎さんのほうが人を見る目があるし……。無難な後継者では駄目だって判断したのかな。

小売業は、決して楽な経営環境ではなくなっている。鷹逸郎はリスクをとっても会社の未来に賭ける選択をしたということなのかもしれない。

鷹逸郎が、鷹邦を跡継ぎにするということであれば、彼を全面的にバックアップする。それが、永紀の選んだ恩返しだ。

鷹邦と妙な関係になってしまったのは腹立たしいが、前向きに考えれば、これ以上なく役に立てたということだ。永紀は、そう自分に言い聞かせる。

「……なに難しい顔をしてるんだ？」

「……っ」

さりげなく、腰を抱かれかける。

――いつのまに！

鷹邦は、音もなく永紀の傍らにきていた。気づかなかったのは、一生の不覚だ。

その指先に触れられた瞬間、永紀の肌は粟立った。軽いタッチだったけれども、男を意識するには十分すぎた。

彼と過ごした、一夜の記憶がよみがえる。

意識してしまったことが、猛烈に腹立たしかった。

「なにしやがる、セクハラ野郎！」

永紀は思わず、鷹邦の手を払った。ほとんど、条件反射みたいなものだ。

「つれないな」

鷹邦は、にやりと口の端を上げる。

「俺とおまえの仲じゃないか」

「仲って……！」

仲もなにもない。鷹逸郎さんのために、おまえと取引してやっただけなんだ。ありがたく思え……——顔色をかえて反論をしかけ、永紀はふと気がつく。

人の気配がした。

鷹邦への反論は、とても人に聞かせられるような内容ではない。口を噤《つぐ》み、取り繕うようなすまし顔になると、永紀は入り口のほうを振り返った。

タイミングよく、ドアが開く。

「副社長」

「やあ、仁礼弁護士」

いつもどおり、やたら愛想よい笑顔で、伸一が軽く手を挙げる。

ちょうど、彼のことを思い出していたところだ。やたら愛想がいい、無難な凡人だなんて評価を導きだしていたこともあり、なんとなくばつが悪かった。

「申し訳ないですね、弁護士の先生に秘書室に入ってもらうことになってしまうなんて。……鷹邦のわがままにつきあわせてしまいましたね」

「いえ、これも鷹逸郎さんへのご恩返しですし」

永紀は、穏やかに言う。

いくら義理の叔父とはいえ、社長になった鷹邦の前で、物怖じせずずけずけ言うな、とふと思う。伸一は、見かけのとおり愛想のいいだけの男ではないのかもしれない。

——思えば、顧問弁護士とはいえ、喜久栄グループの中の菊理家の人たちの様子なんて見たことなかったしな。知っているようで、知らないことばかりなのかもしれない。

「……なにか困ったことがあったら、ぜひ私にご相談くださいね」

伸一の表情を人のよい笑顔とみるべきか、腹に一物ある営業スマイルと思うべきか。そういえば、伸一は外商上がりだ。

「鷹邦も、社長として全社員の模範となるような振る舞いを心がけてくれ」

「わかっていますよ、叔父さん。……いいえ、副社長」

鷹邦は、いかにも適当に頷く。ああ心が入っていない台詞《せりふ》だな、と永紀は思った。

「まずは、朝礼の挨拶を楽しみにしている」

「任せてください」

鷹邦の声のトーンは、明るく軽かった。

彼の立場の重みに、不釣り合いなほどに。

正式に喜久栄グループの後継者になったことなど、彼にとってはたいして意味がないのかもしれない。伸一の言葉など、右から左に流しているんだろうと永紀は考える。

――こいつもこいつで、問題児だよな。というか、問題を起こしてやるっていう顔をしている。

心の中で、永紀は息をつく。

もしかして、鷹邦にとっては、喜久栄百貨店という新しい遊び場を手にいれたような感覚なのだろうか。

自分が背負って立つものがどれだけ大きく、大勢の人の人生を左右するか理解していない、生まれつきすべてのものを手にしている人間特有の、傲慢さすら感じられた。

あるいは、人の上に立つことが当然な立場に生まれたゆえの気負いのなさか。

釘を刺しにきたような叔父を軽く受け流した鷹邦を、永紀は横目で睨んだ。

「本当に、大丈夫なんだろうな」

「大丈夫大丈夫」

だから、その軽さがちっとも大丈夫とは思えない。

安請け合いの相槌に、永紀は苛立ちを感じた。

そして実際に、なにひとつ「大丈夫」ではなかった。

＊　＊　＊

「いったい、あなたは何を考えているんでしょうね」

車が動きだすなり、永紀は苦々しく口火を切る。

わざわざ丁寧な言葉使いにしてやったのは、鷹邦に自分の立場を知らしめるためでもあった。

それに、永紀も一応は、彼の秘書という立場だ。鷹邦の性格上無意味だろうが、公私の別はつけるつもりだった。

車に乗るときも、最初は助手席に座ろうとしたのだが、鷹邦が傍にこいというので、永紀は仕方なく後部座席に腰をおろしていた。さすがは国産最高級車。いいクッションだ。

けんのある声で耳打ちしたら、鷹邦はにっこり微笑んだ。

「なんの話だ？」

「今朝の就任挨拶ですよ」

そらっとぼけた笑顔が、腹立たしい。本当は、耳たぶを引っ張ってやりたいくらいだ。

「俺とおまえの仲なのに、敬語なんて」

「誰もそういう話はしていません」

「俺は、そういう話をしたいんだけど」

「私は、今、仕事の話をしたいんです」

さりげなく腰に腕を回そうとする男の脚を、永紀は容赦なく踏みつける。

運転手がいるのに、いったい何をするつもりなのか。

ふざけているにも、ほどがある。

――いくら、一回寝たといっても……、いや、一回じゃなかったか。いやいや、回数の問題じゃない。

どうせ、鷹邦は話をはぐらかしたいだけに違いない。彼のペースに巻きこまれないよう、永紀は小さく咳払いをした。

「就任早々、社員を敵に回すような発言をして、どうするんですか」

「敵に回してなんてないだろ。単純に方針説明しただけだし」

「だから！　それが！　敵対発言でしかなかったでしょうが……！」

「えっ、一般社員に対して敵意なんてないぜ。責任は感じてるけど」

「一番味方にしなくちゃいけない、親族と役員敵にまわして、なに言ってるんですか……！」

これでも一応、永紀はふたりっきりになるまで、我慢していた。社内で秘書の自分までが鷹邦に食ってかかったら、彼の体面も保てないだろうから。ためこんだいらつきを隠せていたか、イマイチ自信がないのだが。

「経営刷新《さっしん》だの、規律遵守《じゅんしゅ》だの、不祥事があった会社のトップがすり替わるときみたいな挨拶だったじゃないですか。副社長も、血相を変えていましたよ。『いったいどういうつもりだ、ベテランのクビを切って、リストラとは何様のつもりか』と」

真っ青になっていた副社長の顔を、永紀は思いだす。

――自分のことだと、考えたんだろうな。

伸一はおそらく、鷹逸郎の後継者だという自負があったんだと思う。しかし、鷹逸郎は彼を後継者とすることを拒んだ。

鷹邦の存在は、彼にとって心地良いはずがない。それ以上に、今日の就任挨拶で、なにをしだすかわからない相手として警戒を強めたのではないだろうか。

「リストラするなんて言ってないだろ。役員会のメンバーがふさわしいかどうか、吟味すると言っただけで」

にやりと笑った鷹邦は、ふっと永紀の耳たぶに息を吹きかける。

「……っ」

「敬語やめてくれないと、このままキスするぞ」

「見境ない真似はやめてください！」

「そうかそうか、俺とキスをしたいのか」

「……ふざけんな！」

永紀は力いっぱい、鷹邦の頭を叩いた。

婉曲に、言葉で立場をわからせようとしても、鷹邦には無理らしい。鉄拳制裁しかないと、

つい手が出てしまう。

上司と部下ではなく、幼なじみとして、愛人としての対応をお望みなら、こちらも遠慮はなしだ。

——しおらしく、玩具になってやると思うなよ。

永紀はまなじりを釣り上げる。

「見境なくない。永紀にだけだし」

「運転手がいるだろう、馬鹿！」

「気にしない」

「俺は気にする」

「それなら、俺に対しては、どんなときでも他人行儀な真似をしないでくれ。俺の要求は、至ってシンプルだと思うけど？」

今まで以上に近い場所で囁かれ、熱い吐息を吹きかけられたとたん、永紀の体はぞくりと震えてしまった。

最悪だ。

ぎりぎりと奥歯を嚙みしめた永紀は、仕方がないので鷹邦に折れて、口調を自然に改めた。

「おまえは、役員を整理したいんだろうけど……。突然、社長になったんだ。まず社内に味方を作ることが大事だっていうのに」

永紀は、小さく舌打ちをする。

社長専用車の車内には、国内の主要な新聞がそろえられている。経済系の新聞の一面は、喜久栄グループの突然の社長人事の話題でいっぱいになっていた。

あまりにも若く、自分で起業していたとはいえ、経営者としての実力は未知数。上場企業ではないので株価に一喜一憂せずにすむとはいえ、取引先やメインバンクなどの評価を勝ち取るまでに、鷹邦の道のりは遠い。

鷹邦は社外に社長として受け入れられる前に、まず社内の信任を得る必要がある。それくらいの道理、いくら鷹邦でもわかるだろうに。

——それを、こいつは好きこのんで敵を作るような真似をするなんて……！

鷹邦は社長としての就任挨拶で、なによりも先に経営体制の見直しを口にした。一般社員ではなく、まずは経営陣を刷新するとのたまったのだ。

あまりにも、鷹邦は軽率だ。

永紀は弁護士で、社長秘書としてはずぶの素人《しろうと》だ。社内を動揺させた社長のフォローを、どうすればいいのか、今日は一日そのことに頭を悩ませていた。

案の定、伸一を中心に、役員たちは鷹邦に敵意を剝き出しにしている。

喜久栄グループががたがたになっていくのを、黙って見ているのは忍びない。

鷹逸郎に捧げた忠誠心が疼く。

今日はこのあと、鷹邦を家に送り届けてから、永紀だけで鷹逸郎の見舞いへ行くつもりでいた。

病身の鷹逸郎を心配させるようなことは、本当は言いたくない。だが、黙ったまま事態が悪化するのを見過ごすわけにもいかなかった。

もはや、ため息しか出てこなかった。

——なるべく、鷹逸郎さんがショックを受けないように……。鷹邦の馬鹿のスタンドプレーを上手《うま》く伝えられるだろうか。

ここで、隠しておくという選択肢がないのは、性分だった。ごまかせればいいというものでもないというのは、持論だ。

——なんでも、早期治療が大事だしな。

戻ってきたら戻ってきたで、鷹逸郎を心配させるとは、鷹邦はとことんろくでもない孫だ。鷹逸郎が気の毒になってくる。

むっつり黙りこんだ永紀の腰を抱いている暇があるなら、まともな経営者になるために勉強してほしい。

図々しい手の甲をつねりあげながら、永紀は眉間の皺を深くした。

＊　＊　＊

特別室に入院している鷹逸郎の表情は明るく、目は生き生きしていた。先日までとは、まるで見違えるかのようだ。

孫が戻ってきた喜びが、全身に漲《みなぎ》っているのかもしれない。

これほど自分を想ってくれている人を、鷹邦はよくも邪険にできるものだ。

「悪いな、永紀」

心なしか、声にも張りがある。鷹逸郎は、ねぎらうような眼差しをしていた。

「せっかく頑張って弁護士になったのに、鷹邦のお守り役を任せてすまない」

「そんな、鷹逸郎さんのお役に立てて、私はとても嬉しいんです。それが鷹邦さんのお守りだろうとも」

鷹邦のお守りという言葉は、否定するつもりはない。鷹邦のほうは、永紀を玩具だと思っているのかもしれないが。

「ありがとう」

鷹逸郎は、安心しきったような表情になった。

「早く、お元気になってください。鷹邦さんは小さな会社の社長をされていましたが、大企業の経験はありません。まだまだ、鷹逸郎さんのお力が必要です」

今日のことを、どう伝えようか。永紀は悩みながらも、口を開いた。

鷹邦が社長というのは不安なので、鷹逸郎にまだまだ頑張ってほしいということを伝えるだけでは、鷹邦の就任早々の失態をカバーすることにはならないだろう。

直接的に「鷹邦さんは短絡的でワンマンで、喜久栄グループを任せるのは不安です」とは言いがたい。それでも永紀は、鷹邦が経営刷新を目指していること、力んでいるのか初日からそれを全面的に打ちだして、社員を動揺させていることなどを隠さずに伝えた。

鷹逸郎の反応は、意外なくらい冷静だった。

「……あれは昔から、いろんなものを引っかき回す子だった。そして、新しい風を吹き入れてくれる。まあ、好きにさせてみよう」

鷹逸郎は、肩を竦《すく》めた。

「役員人事についても、早速なにか言ったらしいな。伸一が顔色を変えて押しかけてきた」

「副社長が……」

永紀は、渋い表情になる。

自分から、やんわり伝えようと思っていたのに、それよりも鷹逸郎の義理の息子のほうが行動が早かったようだ。

彼は、相当危機感を抱いているのかもしれない。

「永紀も、驚いたか」

尋ねられ、永紀は素直に頷いた。

「そうですね。突然の社長就任で、まだ社内を掌握する前から、随分攻めていくものだと……。鷹邦さんらしいですが」

鷹邦らしいというのが、フォローになるかどうかわからない。だが、なんとなく永紀は付け加えてしまった。

「ああ、そして、今の我が社にはそういう人材が必要なんだよ」

それは、可愛い孫に対して盲目になっているようにも聞こえる言葉だった。

しかし、鷹逸郎の眼光は驚くほど鋭い。

まるで、すべてを見透かすような。

「鷹邦なら、私ではできないことをやり遂げられる」

「鷹逸郎さん……？」

「支えてやってくれ。あれには、味方が必要だ。絶対的な味方が。……そして、君のように専門知識を持ったパートナーが」

頼む、と鷹逸郎が頭を下げる。

そんなことをされてしまったら、もう永紀は「いや」とは言えない。

——鷹邦と心中か。それが鷹逸郎さんの望みなら……。

そうやって覚悟を固めかけたものの、永紀は考えをあらためる。

いや、自滅はごめんだ。

――というか、この俺がついていて、自滅とかなしだろ。あの馬鹿の背中を蹴っ飛ばしても、それだけは回避だ。

正直に言ってしまえば、いくら法律の知識があるとはいえ、永紀だって経営の素人だ。でも、鷹邦の行動にストップをかけることはできる。

――ああそうだ。秘書であり、愛人なんだ。公私混同して、出過ぎた口叩いてでも、鷹邦が馬鹿なことをするなら止めてやろうじゃないか。

なかば開きなおったように、永紀は考えていた。

それに、鷹逸郎は鷹邦の極端な行動を支持している様子だ。もしかしたら、それ相応に理由があるのかもしれない。彼の表情は、とても耄碌《もうろく》しているようには見えない。

――あいつが、なにか考えているようには見えないけどな。……でも、ちょっと様子を見てやらんでもない。

鷹邦に思うところはあっても、永紀はどうにか冷静に、状況を把握しようとする。

不承不承、鷹邦の部下になった。だからといって、唯々諾々《いいだくだく》と従うのはごめんだ。永紀には、ちゃんと頭がある。自分の行動くらい、自分で決める。

恩人のたっての頼みなのだ。鷹邦がなにかをなすというのであれば、鷹逸郎がそれに期待しているのであれば、永紀はサポートする。そして、鷹邦を成功させてやる。

――つまり、俺は猛獣使いになるしかないってことか。

ひっそりと決意して、永紀は軽く口の端を上げた。

＊　＊　＊

「おまえから訪ねてきてくれるとは、思わなかった」

ドアを大きく開き、鷹邦は不遜《ふそん》に笑う。

鷹逸郎の病室をあとにして、永紀は鷹邦のもとへと迷わず向かった。

さんざん、ろくでもない経験をしてしまった男の家だろうとも、今の永紀には迷いもなにもない。

「デートしたくなった?」

「残念ながら、時間外業務だ」

永紀は、冷ややかに言う。

「時間外業務ね。オフィス・ラブっぽくて、悪くないな。まあ、入れよ」

腰を抱かれた永紀は、遠慮なく鷹邦を押しやる。ここは鷹邦のマンションで、ふたりっきりなので遠慮はない。

「仕事をしにきたって言っただろう?」

よろけたら可愛げがあったのに、鷹邦はびくともしない。体格の差を思い知らされた気がして、不機嫌丸出しに永紀は鷹邦を睨んだ。

鷹邦は、にやりと笑う。

「じゃあさ、しっぽり寄り添って、仕事の話をしようぜ。なんなら、ベッドで密着してさ」

「真面目に聞け」

永紀は思いっきり、鷹邦の耳たぶを引っ張った。

「おまえは、めちゃくちゃな男だ。傲慢で強引なヤツだし、今日の社長就任挨拶は本当に最低だった」

遠慮会釈なく、永紀は鷹邦を罵る。強引だし、セクハラするし、人を玩具にした挙げ句に、恥ずかしくも気持ちいい目にあわせるし、ろくでもない男だ。私情まじりなのは認めるが。

「手厳しいなあ。俺、褒められるほうがのびるタイプだぜ」

「ことさら、怒られるようなことをしてるんだろ」

永紀は、まっすぐ鷹邦を睨み据えた。

「なにが?」

「……おまえ、なに考えて……。いや、企んでるんだ?」

永紀は、じっと鷹邦を見据える。

黒い瞳が、鋭く輝く。

鷹邦の表情が、一変した。

口の端が上がる。

八重歯が覗く。

あたかも、狩りに挑む肉食獣のごとく。

「それでこそ、俺のパートナーだ」

鷹邦は、満足げに笑った。

ACT 6

……ようやく、鷹邦《たかくに》の素顔を見たような気がする。


人をよくぞ、翻弄《ほんろう》してくれた。好き勝手、振り回してくれた。

そんな男がようやく、永紀《えいき》とちゃんと向き合った。

永紀が腹をくくった甲斐も、あるというものだ。

「暴走したおまえのフォローをするなら、俺も最初から共犯になっていたほうが、あとの始末が楽なんだ。さっさと、なにを企んでいるか吐いてもらおうか」

思わせぶりに笑う男を、永紀はねめつけた。

「人聞きが悪いな。それに、まだおまえに話せるほどのネタはない」

鷹邦は自分のデスクによりかかって、軽く腕組みをする。

そう、永紀と一線を引くかのように。

「思考より行動のほうが先なのか？　おまえは動物か」

「別に、条件反射だけで生きてるわけじゃないんだけどな。……これでも、俺は結構慎重なんだぜ」

永紀は眉を上げる。

「つまり、あれか。俺は信用できないから、話せないってことかよ」

「信用できないわけじゃないが、同調してもらえなかったら困るからなあ」

鷹邦はパソコンを起《た》ち上げたかと思うと、軽く永紀を手招きした。

「でもまあ、ちょっと見てみろよ。外部から調べただけなのに、面白いネタが集まっているから」

そう言う鷹邦に、永紀は眉を上げる。

まったく、食えない男だ。喜久栄《きくえい》百貨店に戻るつもりはないと言いつつ、ちゃっかり調査をいれていたらしい。

——鷹逸郎《よういちろう》さんが倒れたからか？

鷹邦にも、一応孫らしく、祖父を心配する気持ちが残っていたのだろうか。

「セキュリティは大丈夫か」

「任せろ」

鷹邦はにやりと笑う。

「興信所を使った調査だから、本当に外側からだけどな。それなのに、なかなか面白いものが見られるんだ」

「見せろ」

「さて、どうしようかな。俺は、予備調査段階で部下巻き込むのが好きじゃないんだ。……博打の責任が部下にいったら申し訳ないし」

「おまえ、自分からこっち来いとか言っておいて」

「こうするほうが、永紀に触りやすいから」

さりげなく腰に腕を回してきたので、思いっきり手の甲を抓《つね》ってやる。まったく、油断も隙もない。

「いい加減にしろ、このセクハラ男め。……それより、話の続きを」

「いや、だからさ。まだおまえを巻き込めるほど、情報が揃っていないんだ」

「……ずいぶん、優しいことを言うじゃないか。俺には無用だ」

「部下じゃなくて、パートナーだったら別だな」

「パートナー？」

「俺と一蓮托生《いちれんたくしょう》で、人生賭けてくれる相手ってこと」

鷹邦は、ちらりと永紀を一瞥《いちべつ》する。

深々と、永紀は溜息をついた。

「おまえと一蓮托生か。悪夢のような人生だな」

「無理にとは言わないぜ。土壇場で気が変わられても困るしさ」

鷹邦は、あっさりと言う。まるで、永紀を突き放すかのように。

永紀は眉を顰《ひそ》めた。

意外すぎる。

——何考えてやがるんだ。

永紀は、目の前の男を侮《あなど》っていたのだろうか。こんなにも読み切れないところがあるとは、思っていなかった。

——まあ、長いつきあいって言っても、親しいわけじゃないしな。

セックスまでしておいて、相手のことがよくわからないというのは、いかにも体だけのつきあいという感じで、ものすごく微妙な気分になる。永紀は、そういうことができる性格じゃないはずなのに。

慎重なようでいて、社長に就任して最初の挨拶で幹部の刷新《さっしん》宣言をするなんて、きわめて喧嘩売りな真似をする。大胆というか、雑というか……——それとも、なにか魂胆があるのだろうか。

——あるんだろうな。この様子だと。

鷹邦はもっとオープンな性格だと思っていたのに、そればかりではないようだ。

――むしろ、疑ってかかる部分もあるというか……。

生まれつき経営者になる立場だったのだから、なにもかも信じこむよりはいいのかもしれない。だが、鷹邦のこういう一面は、かなり意外だった。

猜疑心《さいぎしん》が強いというと、言い過ぎになるだろうけれど。

「……俺を信用していいのか」

「まあ、心中してもいいなって思ってるし」

鷹邦は肩をすくめる。

信用しているとは言わないんだな、と永紀は思った。

傷つけられたわけじゃない。ただ、鷹邦という男に抱いていたイメージが、少しずつ崩れていく違和感に、惑わされている。

「それに、永紀は腹芸できるほど器用じゃないし」

「……っ」

「それに、裏切られたら裏切られたときだって、おまえだったら許せるよ」

笑いながら言う男の真意が、わからなくなってくる。

――やっぱり、案外人間不信なのか?

胸のもやつきを感じながら、永紀は息をついた。

自由奔放に生きているように見えた男が、どうしてそんな影を抱えこむのだろうか。

もしかして、両親を早くに亡くし、親族間の軋轢《あつれき》を目にしたりもしたのだろうか。叔父の伸一とも、距離のある関係のようだし。

——俺ならいいっていうのは、もしかして弱みを握ったからかな。せ、セックスなんてして、あんな写真撮って……。だから、致命的ダメージまで俺では鷹邦に与えられないだろうって、そういうことか？

わけがわからないなりに、鷹邦の行動に理由をつけようと、永紀は考える。それが正解という気がどうしてもしないけれど、妥当な落としどころのように思えた。

子どもじみた意地の張りあいの結果だとしても、彼と永紀は秘密を共有している。そのことが安心をもたらすほどに、鷹邦は猜疑心が強いのだろうか？

寂しい男だ。

小規模とはいえ起業をし、社会奉仕に近いような事業を展開している鷹邦には、一緒に働く相手だっているはずだ。

——鷹邦のやってる事業なんて、相手を信用して、将来に期待しないと、やっていけないいんじゃないのか？

「おまえ、俺になにを望んでるんだ？」

「全部だよ。まるごと、ひっくるめて」

鷹邦は、ひょいっと永紀の目を覗きこんでくる。

「おまえの全部をくれ。俺の、全部をやるから」

「いらない」

きっぱりと言い切った永紀は、軽く眼鏡をあげる。

「だが、こうなった以上、俺の使命は、おまえみたいなどうしようもない男を調教して、まともな喜久栄グループの総帥にすることだ。俺がほしければ、でっかい男になってみろよ」

「……じいさんに言われたから？　おまえ、本当に俺自身には興味がないよな」

鷹邦は笑っている。

でも、どこか苦みのある眼差しをしていた。

「それじゃあ駄目だ」

「俺が信用できないとでも？」

永紀は眉を顰める。

「じいさんへの忠誠心だけは信用している」

「じゃあ、おまえの敵にはならないということも、信用しろよ」

信用という言葉を、永紀は強調する。

「おまえが鷹逸郎さんの孫である限り、俺はおまえを裏切れないんだ」

「だから、それじゃあいやなんだよ」

そう言いつつ、鷹邦は思わせぶりな流し目を向けてくる。

「でも、まあ、取引ならいいか」

「取引？」

「おまえが、じいさんへの忠誠心をまっとうできるように」

顔が近づいてきた。

今の永紀は気に入らなくても、永紀の鷹逸郎への想いだけは、鷹邦も理解したらしい。信用に価する、と。

「おまえが俺の全部を受け取らないっていうのなら、俺におまえを奪わせろよ」

顔が近すぎた。眼鏡に鷹邦が触れて、永紀の頬がフレームのかたちに凹む。

「今は、それだけで妥協する」

「わけがわからない」

それは皮肉でもなんでもなく、永紀の素直な感情だった。

鷹邦は、小さく息をつく。

「わからなくてもいい」

「奪わせれば、それでいいってことかよ」

「……そういうこと」

「……ケダモノか、おまえ」

「おまえが、俺のほしいものをくれないのが悪い」

なんだか、鷹邦に駄々をこねられている気がしてきた。

——いったい、なにに突っかかってるんだか……。

永紀は、ふと気がついた。

もしかしたら、鷹邦はメンタル的にも強いつながりを持つ部下がほしいのか。

他人を信用していないくせに……——いや、それだからこそ、安心できる相手を必要としているのかもしれない。

——今までの成り行き考えろよ。俺がおまえに、忠誠心持てるはずがないだろ。

なかば呆れつつ、でも可愛いところもあるじゃないか、と思わないでもない。

喜久栄百貨店の体質も好きじゃないと言っていたから、老舗《しにせ》特有の、情でつながっている部分を非合理的だと考えていると思っていたし、だからこそ今朝のように経営陣に対して喧嘩を売るような訓示をしたのではなかったのだろうか。

やはり、なにか理由があるのかもしれない。

ならば、それを知りたい。

どんな理由があろうとも、喜久栄百貨店グループにとってマイナスになるだろう鷹邦の暴走を放っておくわけにはいかなかった。

「お願いです、部下にしてくださいって言われたいのか?」

「……いや、それはいい」

鷹邦は、永紀の眼鏡を奪う。

精悍《せいかん》な男の顔が、少しだけぼやけた。

「それよりも、『ベッドの中で可愛がって』って言ってみろよ」

「調子に乗るな」

「おまえにめろめろになってる俺なら、なんでもしゃべりたくなるかもよ」

「プライベートで？」

「そう、社外秘もプライベートで話しまくり」

鷹邦は、口の端を上げる。

彼の瞳は、強く輝いていた。うっすら濡れているようにも見える。

欲望が籠《こ》もった眼差しの熱さに、永紀は息を呑んだ。でも、動揺を悟られないように、意識して呆れ顔を作ってみせた。

「最悪だな。コンプライアンスがなっていない」

「だから、優秀な片腕のサポートが必要なんだろ」

「ああ言えば、こう言う……」

本当にどうしようもない。呆れまじりに、永紀は思う。

「俺とセックスがしたいだけなら、素直にそう言ったらどうなんだ」

「……そっちが好み？」

「いやだと言わせるつもりがないくせに」

証拠写真まで撮って、脅迫しておいてよく言う。永紀は、鷹邦を軽く睨みつけた。

「当然」

男の指が、永紀の細い顎にかかる。

「何度だって、奪いたいって言ってるじゃないか」

笑いながら、鷹邦はキスしてくる。

しっとりと重ねたくちびるは、震えている。

永紀だったか、鷹邦だったのか。

＊　＊　＊

「……っ、も……。じらすな……っ」

「いやなこった、もっと堪能させろよ」

キスだけで、体に火が着く。鷹邦の家のベッドルームに連れこまれたときには、永紀の体は快楽の予感だけで溶けかけていた。自分がこんなに淫《みだ》らな人間だと、永紀は考えたこともなかった。鷹邦の前でスーツを脱いだときに、体の反応に死にたくなった。

でも、鷹邦は死なせてくれるはずもなく、かわりに永紀の淫らさを責めるように煽《あお》る。

ベッドの上で裸をさらし、すべてを投げ出して鷹邦に奪わせてやるのは、永紀も覚悟の上だった。

でも、自分の体になにが起こるのか知ってしまった今だからこそ、身構えもする。最初のときよりも鷹邦に触れられることを強く意識し、そのせいで羞恥に苛《さいな》まれている。

――もう、一度、しているのに。

もちろん、たった一晩のことで慣れるわけもないのだが。それにしたって、こんなにも気恥ずかしくてたまらないとは。二夜目、なのに。自分が奥手すぎて、恥ずかしい。

「こっち見ろよ、永紀。なにを恥ずかしがっているんだ?」

鷹邦は、喉の奥で笑う。

「誰がおまえを抱いてるのか、ちゃんと見てろ」

「いや、だ……っ」

枕を抱きしめて、顔を埋めるように、永紀は呻いた。顔を見なければなかったことにできるなんて思わないし、非合理的な駄々をこねていることは十分承知の上だ。でも、理性なんて、羞恥心の前には無力だった。

「いやでもなんでも、じいさんのために、おまえは俺のパートナーになるんだろ。覚悟見せてみろって」

「……っ」

「できないのか？」

鷹邦は、意地が悪すぎる。子どもの頃、花火を投げつけてきたときの、単純で馬鹿ないじめっ子ではなく、大人の男の狡《ずる》さを剝き出しにしていた。

「……卑怯者……っ」

いっそのこと、はじめての夜のように、もっと挑発されて、勢いで体を投げだすことができれば楽になれるかもしれない。

だが、鷹邦はあのときと違い、逃げられない永紀を弄《もてあそ》ぶかのように、じっくりと時間をかけて、永紀の体に触れてくる。

「ははっ、涙目になってるじゃん」

「……あ…っ」

鷹邦の舌が、永紀の頰を辿る。目元をぺろりと舐めあげられて、永紀はくっとくちびるを嚙みしめた。

「ここは気持ちよさそうにしてるのにな。……俺に抱かれるの、そんなにいや？」

「さわ、るな……っ」

下半身に指を滑らされて、永紀は小さく息をつく。他人に触れられる快感の強さと好《よ》さをすっかり覚えこまされたそこは、鷹邦の手管に従順に反応しはじめている。

「……ほら、こっち見ろって。おまえを抱いてる男の顔を」

「なん、で……」

「そりゃ、おまえが誰のものか、思い知らせたいからだ」

「……っ、悪趣味……！」

「……そうかな。健気だと思うんだけどなあ」

寝言を言いつつ、鷹邦は永紀に口づけてきた。

触れてきたくちびるは熱く、そしてひたむきに永紀のそこを吸い上げた。

「……ふ……っ」

皮膚の薄い部分とくっつけ合わせながら、快感に弱い場所を嬲《なぶ》られる。ゆるゆると、指先の宥《なだ》めるような動きと、戯《たわむ》れるような口づけは、少しずつ永紀の体のこわばりを解《ほぐ》していこうとしていた。

「ひっ……、んあっ！」

弱い部分が、鷹邦の手の中で大きく反りかえった。ぴくぴくしてるのがわかるから、恥ずかしくてたまらない。

でも、湧きあがる快楽は、永紀から力を奪った。

力が抜けた永紀の体を、鷹邦はしっかりと両腕に収める。そして、ぐっと抱きしめて、永紀を仰向けにした。

「おまえは俺のことを好きじゃなくても、俺と同じ方向を向くんだ。喜久栄百貨店をもり立てていくってさ。……だから、仲良くやろうぜ。必要なことだと思っておけよ」

無理矢理セックスの相手をさせておいて、鷹邦は勝手なことを言っている。でも、声はあまやか……、いや、甘えるような響きをはらんでいた。

「……んっ」

小さな胸の尖《とが》りに吸いつかれ、それをちゅくちゅくと吸われると、じわりと胸の奥から滲《にじ》みだすものがある。その感覚が、どういうものなのか。言葉にするのは難しい。

懐かれているな、と錯覚したのは、色々間違っている気がする。

思わず、乱れた髪を撫でてしまった。

「なに?」

「や……っ」

色づいた先端に齧《かじ》りつかれ、永紀は上擦った声を漏らす。

そこは思いがけず、敏感な場所だった。少しいじくられるだけで硬くなり、よい反応をしてしまう。

それを、鷹邦につけこまれた。

「俺に気持ちよくされるの、好き?」

「……馬鹿、言って……」

「どこもかしこも、感じてるじゃないか」

「っ、あ……！」

ぴくんとしなった背中を、鷹邦は強く抱いた。

「俺で、気持ちよくなってるだろ？」

「……くっ」

「そういうの、すごくクる……」

奪いたがっているくせに、快楽を与えたがっている。矛盾の多い男だ。

――好きに使って……。勝手に、俺で気持ちよくなっていればいいのに。

それでは飽き足らないという鷹邦は、とても物好きなように感じられた。でも、その物好きな男に与えられる快楽は、確実に永紀の体をとろかしていく。

どうして、こんなことなら息が合うのかと、自分自身に呆れるほどに。

欲望を押し込まれるタイミングで、体が期待に震えていることを自覚してしまった。しっくり馴染んだ、鷹邦自身の欲望を、しゃぶり味わうように絡みつく肉襞《にくひだ》の動きと、漏れてくる淫らな水音に、ぞくぞくする。

――気持ちいい、なんて……。

認めたくない快楽を、鷹邦の腕の中で堪能してしまう。彼に踊らされているようで癪《しゃく》だったけれど、熱心にキスを求められ、少しだけ溜飲を下げる。

ざまあ見ろ、俺とのセックスが気持ちよくて夢中になってるのはおまえだろ、なんて。心の中で憎まれ口を叩いていると、鷹邦は笑った。おまえだから気持ちいいんだよと、何も隠すことはないという顔で。


鷹邦は、案外面倒見がよかった。

自分のふところに入れた相手に対しては、それなりに丁重に扱うのだろうか。

汚れた永紀の体を清め、ベッドのシーツまで甲斐甲斐しく替えた彼は、今、永紀のためにレモン水を作って運んできてくれている。

永紀は清潔なシーツの上で、寝転がってそれを待っていただけだった。

レモン水と一緒に、鷹邦は書類を持ってきた。無造作にシーツの上に置かれた書類を見て、永紀は眉を顰める。

「これは……」

「素行調査」

鷹邦は、永紀の傍らに横になった。

皮肉っぽく、彼は笑う。

「予備調査の段階で、それだ。ちょっとしたもんだろ」

「……」

永紀は、言葉を失うしかなかった。

鷹邦が身上調査をしているのは、すべての役員たちのようだ。それだけではなく、特に調達や仕入れ関係などの取引先の役職者の名前と肩書きもピックアップされていた。

どうしてここまで調査するのか。そう、問うまでもない。

伸一《しんいち》の名前の横には、リベート、談合行為、横領など、物騒な単語が踊っていた。

「新聞沙汰にはしたくないから、証拠を握ったあとで穏便に退場を願いたいけどな」

「鷹逸郎さんは知ってるのか?」

永紀は、動揺していた。鷹逸郎が知っていたとしたら、さぞ悲しむだろう。

でも、知らなかったとも思いたくなかった。それは、彼の老いを意味するだろうから。

「知っていても、叔父さんの一派を簡単には切れないだろ。……あの人は、どうにも身内に甘い。俺の両親が早くに死んだせいかな」

その口調は、鷹逸郎を責めるふうでもない。

ただ、どことなく寂しげだ。

永紀は、言葉を失う。

そういえばこの男も、永紀と同じく両親とは縁がなかったのだ。恵まれた御曹司ではあっても、寂しさを知らないわけじゃない。

彼から時折感じる陰りの部分は、そういう寂しさから出ているのだろうか。

「……いつから、疑ってた？」

永紀は眉間に皺を寄せる。

老舗らしく、喜久栄百貨店グループは体質が古い。そうとはいっても、ここまでべったべたの汚職の宝庫になっているとは、思わなかった。

情けない。

――鷹逸郎さんが鷹邦に跡を継いでほしいと願っていたのは、もしかしたらこのせいなんだろうか。

思い返してみると、鷹逸郎は思わせぶりな態度をしていた。さらに、日比野《ひびの》も。あの二人は、この内実にうすうす勘づいていたのかもしれない。

「じいさんが、俺に跡を継げと言い出したあたり」

「そんな前から？」

「俺は菊理家を出た人間じゃないか。年齢的にも実績的にも、本来ならじいさんの次は叔父さんの出番だろ。わざわざ俺に跡を継がせたいなんて、なんか理由があるに決まっている」

鷹邦は、小さく笑った。

「……でも、しっぽ摑むまでが長そうだしさ。このままだと、根腐れしそうだ」

その言葉で、永紀ははっとする。

「挑発的な着任挨拶は、まさかあぶり出しのためか」

「そういうこと」

頭痛がしてきた。

永紀は、深々とため息をつく。

「だからといって、リスキーだろ……。こんな犯罪じみた真似をしている連中だぞ。やばい連中と関係があったらどうするんだ」

「ああ、それは大丈夫。叔父さんにはそんな連中と関わる度胸はなかったらしい」

「調査済みか」

挑発に乗って、不正に携わっている役員会のメンバーが不穏な動きをすることを、準備を整えた上で鷹邦は待っているわけだ。

自分を囮《おとり》にするかのように。

「まあ、俺には優秀な法律顧問がいるし。話し合いや交渉を手伝ってもらえたらありがたい」

「それで、俺を出向させたのか」

「理由のひとつでしかないけどな」

係争沙汰になりそうだから、法曹界の人間をひとり、自分の子飼いにしておきたかったということだろうか。

運悪く、選ばれたのは永紀だった。

でも、少し見直した。

鷹邦は案外、喜久栄グループの未来をまともに考えていたようだ。

「鷹逸郎さんが病気がちになり、実権を握ったことで、伸一さんも馬鹿な真似を始めたんだろうか」

「……前々から、ちょこちょこ美味しいことはしていたんだろ。叔父さんの息がかかってる連中が、かなりのさばっているわけだからさ。でも、喜久栄グループも、そういうのを飼っていられるほど余裕もないしな」

そう言って、鷹邦は不敵に笑う。

「大々的なリノベーションが必要だ。そっちは俺の専門だし、やる気も出るってものだよ」

その横顔に、永紀は思いがけなく目を奪われた。

――こいつ……。

まるで自分が知らなかった鷹邦の一面を、見せつけられる。

見惚れてしまったというのは、みとめたくない。でも、今の彼には、それだけの魅力を感じた。強い意志と、実行力。そのふたつを兼ね備えて、爪を研《と》いでいる男の横顔に惹かれる。

――いや、間違えるな。これはこいつの強引さとか傲慢さとかが、いい方向に出ているだけで……。俺は単に、迷惑被《こうむ》っているんだから。

ただ、それでもこの男は、憎らしい支配者というわけでもない。

寂しい男だ。

彼の人間不信には、伸一の存在も関わっているのかもしれない。しかし、それに対してただ無力というだけではなく、戦う姿勢は好ましいと思った。

でも、やっぱり、無茶をするのは見過ごせない。

——グループを立て直せたとしても、自分になにかがあったらどうするつもりだ。馬鹿。

そうはさせない。

思わず衝《つ》き動かされた感情を、永紀は頭を横に振って打ち消そうとする。

——いやいや、違うだろ。別にこいつはどうでもいいけど、鷹逸郎さんが哀《かな》しむといけないから……。

だからこそ、永紀がバックアップするのだ。

「とりあえず、おまえは突っ走るべきじゃないな」

「じゃあ、おまえが見張っていてくれよ」

「殴ってとめてやる」

「そうこなくっちゃ」

そう言って笑った鷹邦は、やたら嬉しそうだった。

皮肉のかけらもない、無邪気さすら感じる笑みに、なぜか心が騒いだ。

ACT 7

「……そう、私はあくまで、社員の皆さんの悩みを聞いて、それを社長に伝えるだけの立場です。だから、なにも緊張することはありませんよ」

どこかおどおどとした雰囲気で、部屋に入ってきた女性社員に、優しく永紀は微笑みかける。

まったくアウェイでしかない、喜久栄百貨店グループの、札幌支社。だからこそ、永紀は、落ち着き払った振る舞いを心がける。

迷える子羊に、信頼してもらうために。

「愚痴でも、なんでも構いません。私と社長の胸にだけ、しまっておきます」

「本当、ですか？」

「ええ、もちろん。……社長の、就任のときの訓示はご存じでしょう？　彼は、今の上層部に一切のしがらみがありません。だから、なにを言っても大丈夫。いいえ、むしろ、不満を教えてもらえるなら、喜んで対処するでしょう」

そこまで言うと、女性社員はほっとしたように息をつく。

彼女は、この札幌支店の外商部の所属。中堅社員だ。さぞ、ストレスも多いだろう。

——さあ、だからしゃべってくれ。

どんなことでも。つまらない、上司に対する不満でも、どうか。それは全部、鷹邦の武器になるだろう。


「これで、国内は終わりか」

スケジュール帳をチェックして、永紀は一息ついた。

すでに、永紀が喜久栄グループの内部で働きはじめてから三ヶ月が経《た》っている。

鷹邦の秘書という立場が与えられたものの、結局のところ、永紀はあまり秘書室にはいなかった。

鷹邦と顔をあわせて仕事をしていたいわけじゃないので、それは願ったりではある。それに、永紀としても、鷹邦の意図が理解できた今は、自分の仕事に意義を見出《みいだ》している。

現場の社員たちから、『相談』を受けつけて、直属の上長ではなく、社長への連絡役になるという名目で、今の永紀は喜久栄百貨店グループの各支社を飛びまわっていた。

弁護士という肩書きは、相談相手としてはとても役に立つ。

鷹邦の発案だ。

彼は創業者の一族とはいえ、社内では外様《とざま》だ。それに、役員相手に真っ向から喧嘩を売ろうとしている。

つまりは、最初から上層部を味方につけるつもりはない。

彼はそのかわり、一般の社員を味方につけた。訓示で執行部の改革を明言したことは、今の状況に嫌気がさしている一般社員の味方になるというアピールにもなったようだ。

そこまで鷹邦が見越していたのか、単なる怪我の功名で、結果的に成功したのかはわからないのだが、鷹邦の思いきった手腕というものが会社に大きなインパクトを与えるということを、永紀も認めるしかなかった。

……そして、本人に言うのは癪なのだが、鷹邦のような経営者の片腕として仕事をすることに、永紀は高揚感すら覚えはじめていた。

鷹逸郎の役に立てるからというわけじゃなくて、鷹邦と同じ目標を見ていることによるから、永紀自身も戸惑ってはいるのだけれども。

「仕事を休みたいと思ったら、辞めたいと思ったら、その前にお気軽に相談してください。社長の片腕である仁礼《にれ》弁護士があなたの悩みに答えます。秘密厳守で電話でも受け付けます」という触れこみで始まった鷹邦の情報収集のための計画は、伸一一派を中心に喜久栄百貨店に蔓延する、パワハラ、セクハラ、業務上の不正などの情報を集めることを可能としてくれた。

口頭で聞き取りのあと、これぞと思った情報は、鷹邦が雇った興信所を使い、調査する。ついでに、喜久栄百貨店グループの法務担当である日比野コンサルティングファームとしても、動きはじめていた。

話が大事になるのはまずいが、いずれ日比野のバックアップが必要になりそうだと、永紀は思っている。

思った以上に、喜久栄百貨店グループ、いや伸一が権力を握っている百貨店部門に関しては、風通しが悪く陰湿な社内風土になってしまっているらしい。

このままだと、遠からずグループ全体が駄目になるだろう。それが、新聞の一面を飾る刑事事件になるか、それとも内部崩壊した結果、倒産というかたちで終わるかは、まだわからないにしても。

――知らなかった。

覚書《おぼえがき》を見ているだけで、気が滅入ってくる。

永紀は、そっと肩を落とした。

喜久栄百貨店グループにも日比野コンサルティングファームの一員として関わってきたが、主に永紀がやっていたのは、グループのカード会社の滞納関係の処理をする仕事がメインで、内部事情までは把握していなかったのだ。

まさか、こんなことになっているなんて……――それが、永紀の本音だった。

元凶は、どう考えても伸一だ。裏金作りに協力したくないのにさせられているという、部課長クラスの告白まであった。

もちろん、最初からそんな告発を聞けたわけではない。

永紀は思い切って相談をしにきてくれた人々を励まし、どんな内容だろうとも熱心に話を聞いた。それが、社内不倫の悩み相談でも、家庭が上手《うま》くいっていないという愚痴だろうとも、分け隔《へだ》てなく。

熱心に相談に乗り、秘密を守るという実績を作ってようやく、重大なコンプライアンスの乱れが発覚したのだ。

――今の経営陣に敵対的だということを、鷹邦が最初に明言した効果も大きいんだろうけどな……。

苦々しいが、認めるしかない。永紀のほうが、視野が狭かったのだということを。

荒療治には、それなりの効果が出ている。あとは、それを鷹邦がどう生かすかだが、永紀は不安を感じていなかった。

あれほど苦手意識があった、ろくでもない男だと思っていた相手を、今の永紀は信頼してしまっている。

――たぶん、所長や鷹逸郎さんの、鷹邦に対する態度からして、これも想定内だったんだろうな。

イレギュラーな依頼だというのに、いくら昔からの知人とはいえ積極的に永紀を送り出した日比野や、単に体が弱っているから隠居したというふうにも見えず、鷹邦へ期待を持っている鷹逸郎の態度からして、鷹邦の動きは予測内なのだろう。

それならば、最初から永紀にも相談してくれたらよかったのに。そう思いはするものの、ことが娘の夫に関わることでは、鷹逸郎の口も鈍ってしまったのかもしれない。

——それにしても、鷹邦はどうオチをつけるつもりなんだ。

永紀が百貨店の各支店や流通拠点などを飛び回っていたことや、いまだ鷹邦がもともとの自分の会社の業務も掛け持ちでこなしていることから、ふたりはまともに顔を合わせることも少なくなっていた。

たまに本社で一緒になることはあっても、鷹邦がどことなく素っ気ないのは気のせいだろうか。

セックスを求められることも、この三ヶ月というものなかった。

——……べ、別にしたいってわけじゃないけどな！　ただ、覚悟していたから、拍子抜けしたというか……。

永紀は、小さく首を横に振る。

誰に向かって、というわけでもない。でも、なんだか弁解しているみたいな心地になってしまった。

他人に熱を与えられたのは初めてで、その感覚が強烈すぎたから、気持ち的に引きずってしまっているだけ。そう認めるのもいやだけど、渋々永紀は自覚していた。

気まぐれに、彼に触れられた感覚がよみがえってきてしまう。疼くような感覚が、時折永紀を切なく悩ませるようになっていた。

——本当に、最悪だ。なんでこんなことに。

こんなにも、誰かのことを気にしてしまうなんて、鷹逸郎以外の人に思い入れを持つなんて、生まれてはじめての経験だった。

両親を亡くし、鷹逸郎に出会うまで、永紀は特別な存在に出会うことはなかった。人はひとりで生きるものだと、たぶん強く思い込んでいた。

鷹逸郎への忠誠心はあれど、彼以外の他人を大事に思う日が来るなんて、想像したこともなかったのだ。

人嫌いというわけではない。コミュニケーションがとれないというわけでもないと思う。

ただ、他人になにか心を預けるような、期待するようなことはなかった。深く関わろうとすることも。両親を失った記憶が、永紀を少し臆病にしたのだろうか。

でも、鷹邦への気持ちは、どうしたってもてあましてしまうほどに、『特別』になりつつあった。こんなかたちで関わる相手ができようとは、永紀自身考えてもみなかった。

——あいつを、特別だと思ってるとか……。悪い冗談みたいだよな。……いや、あいつ自身は特別じゃなかったのになあ。希有《けう》な存在かもしれないが、それは認めるにしても、俺にとって特別ってわけじゃない……。

はじめてセックスした相手だから気になるのか？　いや、そんな単純な話でもない。深い関係を永紀に強要しておきながら、今の鷹邦があっさりとした態度をとることが、引っかからないと言えば、嘘になるのだが。

仕事は、やりがいがある。もう、自分が鷹邦の玩具にされているとも思わない。

それなのに、釈然としないような気持ちは、いったいどこから来ているのだろうか。

——なんか、こうもあっさりあいつがちょっかいかけてこなくなるのが想定外とか、そういうふうに思う自分がいやだ……。

なんだか、体から力が抜けた。

永紀は、ぐんにゃりとデスクに伏せてしまう。

人気のない秘書室の片隅にある自分のデスクに久しぶりに戻ってきた永紀は、深くため息をついた。

いったい、自分はどうしてしまったのか。

今の関係は、理想的だ。

鷹邦は鷹逸郎の望みどおりに跡を継いだ。鷹逸郎の望みは、永紀の望み。だから、これでよかった。

永紀が鷹邦のサポートをすることも鷹逸郎の望みのうちだと思えば、脅されて手駒にされたという経緯には目もつぶれる。

それなのに、なんとなく、現状に対してもやついた気持ちを抱いている。

その感情を、上手く言葉にはできないせいで、余計に気持ちの整理がつかないのかもしれない。

――そうだ、鷹邦にレポートを出してこないと。

永紀は、軽く頭を横に振る。

気持ちを、ちゃんと切り替えるためにも。

時計は、午後十時過ぎを指していた。

それでも、鷹邦は社内にいる。

彼はずっと、この三ヶ月というもの、そういう生活をしていた。

永紀も多忙だが、それよりもずっと、鷹邦のほうが身を削るように仕事をしている。

＊　＊　＊

社長室のドアをノックするが、反応はない。なんとなくドアノブに触れてみたら、軽く回った。

「入ります」

ドアを押し開けた永紀は、目を丸くする。

鷹邦は、デスクに突っ伏すように眠っていた。

会社で眠るなんてどういうことだ、なんて。怒鳴りつける気にはなれなかった。

——機密に値するような書類は出しっ放しじゃない、ＰＣにはロックがかかっている、か……。

それだって、完璧じゃない。だが、大目に見てやってもいいだろう。

彼がどれだけ疲労しているのか、永紀もよく知っている。

社内にはびこる不正行為を把握しつつ社長業をこなしている。しかも、喜久栄百貨店グループと、彼自身が起ち上げた会社と、両方とも手放さないままで。

永紀が考えていたよりも、彼はずっと仕事に対して真面目な男だった。そして、大勢の人間の生活を背負っているという自覚も持っている。

——こいつも、なんだか複雑な性格してるよなあ。

簡単に人を信用してなんてやらないという、他人に対して突き放すような顔を見せることもあるくせに、他人に対して誰よりも真摯だ。

——伸一氏がああいう人だってことは、菊理《くくり》一族にもいろいろあるんだろうし……。そういうのも、こいつの性格に影響してんのかな。

鷹邦がこの会社に君臨するのは、鷹逸郎の望みだった。そして、彼の望みを叶えるのが、永紀の望みだ。

だから、この結果には満足すればいい。

でも、今となると、単純にそうとも思えなくなっていた。

——おまえのためには、ここに連れてこないほうがよかったのかもしれないよなあ。自分の会社だけなら、ここまで疲弊しなかっただろうし。

鷹邦は口にしないが、ストレスも溜まっているのではないだろうか。

——俺に手を出す気力も残ってないのかな。

部外者の立場である永紀でも、喜久栄グループの未来にひしひしと不安を感じている。社長という立場になった鷹邦は、なおのことだろう。

たとえ部下がやったことでも、彼が社長である以上、責任をとることになるのだから。

しかも、諸悪の根源が叔父とあっては——。

眠っている鷹邦の傍らに、永紀はそっと手にしていたレポートを置いた。

鷹邦を起こす気はなく、床に落ちていたスーツの上着を肩にかけてやる。

鷹邦はまぶたを閉じている。いつもの活力溢れた瞳は隠れ、目の下が翳《かげ》りを帯びているせいか、余計に疲れきっているように見えた。

「……悪かったな。厄介な立場を背負わせて。社内がこんな状態になっているなんて、知らなかった……」

思わず口からこぼれ出た言葉に、永紀は狼狽する。

たとえ社内がこんな状態だとしても、鷹逸郎は鷹邦にすべてを託したがっていた。だから、それを叶えられたことは嬉しいはずなのに……――素直に、喜べないでいる。

――ああ、そうか。

永紀は、小さく息をついた。

これまでの永紀は、鷹邦を単なる「喜久栄百貨店グループの後継者」としてしか見ていなかった。

でも今は、菊理鷹邦というひとりの男として捉えている。立場ではなく、そして鷹逸郎の夢を叶えるための道具としてでもなく。

ひとりの男として、彼が幸福かどうかを、つい考えてしまっている。

――こいつが俺を玩具にして、悪びれもせずしれっとしていたのも、当たりまえなのかもな。ひとりの人間として見ていなかったのは、お互いさまっていうことになる。

鷹逸郎ありきの存在としてしか、鷹邦のことを見ていなかった。これでは、彼が永紀を信用しないのも当然だろう。

だからといって、彼にされたことを正当化するわけじゃない。……ただ、もう怒りつづけていることができそうになかった。

いや、本当はもう、とうにそうなっていたのだろう。

真摯に働く彼の後ろ姿が、触れてくる指先の熱の記憶が、永紀の彼に対する感情を変えてしまった。

――いけ好かないヤツだと思ってたのに。

とくんと、胸が鳴る。

そのとたん、なにかに打たれたかのように、永紀ははっとした。そして、鷹邦の寝顔を見つめていた自分に気付いて、ものすごく後ろめたくなってきてしまう。

「……っ」

まるでいたずらが見つかった子どものように、永紀は身を翻《ひるがえ》した。ところが、あっさり摑まってしまう。

眠っていたはずの、男の腕の中に。

「は、放してください、社長！」

敬語で制する。ここは社内だということに、まず意識が行っていた。いや、意図的に、そちらに意識を傾けていた。

「ふたりっきりなんだから、それはやめろよ」

寝起きのせいか、少しだけ声が掠れている。それが、やけに色っぽい。

鷹邦は、にやりと笑った。

「キスしてくれるかと思って、待ってたのに」

「だ、誰が！」

反論してやろうと思ったのに、肉厚のくちびるに呼吸ごと奪われてしまった。自分と鷹邦との間で、濡れた音が立つ。

三ヶ月ぶりの濃《こま》やかな触れあいに、体温が一気に上昇した。

――まず、い……。

熱の記憶を、体はたやすくたぐりよせてしまう。無意識のうちに、鷹邦を受け入れるような体勢になってしまっていた。

けれども、キスを奪っておきながら、あっさりと鷹邦は永紀を解放した。

「……こんなふうに近づかれると、抑えられなくなる」

どこか切なげに、鷹邦は囁く。

いつも、思うままに行動しているくせに。そう思いながら、永紀は濡れたくちびるに触れる。まるで火傷《やけど》でもしたかのように、そこは熱い。痺《しび》れている気がした。

キスをしたいなんて思っていたわけじゃない。なのに、触れられただけで鼓動が早くなる。

いくら、生まれて初めてキスを、セックスをした相手とはいえ、自分はどうかしている。

――こ、こいつが釣った相手に餌をやらないタイプだったから、それが悪い。

八つ当たりみたいに考えて、自分の頭を抱えこみたくなる。釣った魚に餌だなんて。彼に与えられる快楽を餌だと思ってしまっている自分は、いっぺん死んだほうがいい。

——俺は馬鹿か。……馬鹿だな。否定できない……。

がっくりと、永紀は項垂《うなだ》れる。

「抑えろよ、このケダモノ。……会社なんだ」

つけくわえた言葉は、まるで自分自身に言い聞かせているかのようだった。

そうだ、ここは会社だ。

こんなにも、胸を高鳴らせ、体を熱くしていい場所じゃない。

「会社じゃなけりゃ、いいわけ？」

「調子に乗るな！」

一度はデスクに置いたレポートを手にとり、永紀は思わずそれで鷹邦を殴りつけてしまった。

「それより、これ！　国内ラスト、札幌分だ」

「……ああ」

鷹邦は、肩を竦めた。

「ありがとう。……やっぱり、おまえはいいパートナーだ」

「……いや、別に」

謙遜のつもりではなかったが、否定の言葉が漏れた。

夜十時過ぎ、社内の机でうたた寝をしなくてはいけないような状況に追い込んだ永紀は、お世辞にもいいパートナーとは言えないはずだ。

「少し早めに帰宅して、体を休めたほうが、効率は上がるだろう？」

息をついた永紀は、ためらいがちに付け加える。

「ふたつの会社の業務をこなすのは、体力的にも限界じゃないのか」

永紀は、鷹邦に背を向ける。

本当は、永紀も帰宅するつもりだった。でも、鷹邦より先に退社するなんて、今はひどく後ろめたく感じる。

「永紀」

鷹邦は、静かに永紀の名を呼んだ。

でも、振り返ることができない。

どういうわけか、今の彼の表情を見るのは怖かった。

「俺は、おまえから欲しいものを奪った。かわりに、しょいこむものがあろうとも、収支決算は合ってるだろう」

小さく笑った鷹邦は、いたずらっぽく付け加えた。

「少なくとも、今の喜久栄百貨店の帳簿よりは合ってる」

「……困ったものだな」

さらりと答えたつもりだが、声は震えていないだろうか。

——そういう言い方するなよ。誤解するから。

言葉を呑みこみ、永紀は鷹邦から離れていく。
自分たちの間には、純粋な信頼関係はない。
本当の意味でのパートナーではない。
……永紀には、そうなる資格もない。
そんなことは、望まれていない。
他人と深く関わる必要を、今まで感じてこなかった。
忠誠心は、鷹逸郎だけにあればいい。
本気で、そう思っていたのに――。
もどかしさがこみ上げて、溜息としてこぼれ落ちた。

＊　＊　＊

会社を出たのは、午前零時過ぎ。鷹邦の退社を、確認してからだった。
タクシーで自宅に戻った永紀はふと、携帯メールが届いていることに気がつく。
――日比野所長？
思いがけない相手からのメールに、永紀はいぶかしげに首を傾《かし》げた。
彼から個人的にメールが来るなんて、珍しい。

明日は事務所に来てほしいというのが、日比野からの連絡の内容だった。

いったい、何事なんだろう。

永紀が今まで担当していた喜久栄百貨店の法務担当者のひとりとしてのルーティンワーク部分は、垣内《かきうち》という後輩とワークシェアリングしている。

もしかして、垣内で処理できない案件でも発生したのだろうか。

日比野から、こんな時間に連絡が来るというのは、解《げ》せないが。

——まあいいか。

出張から戻ってきたところだ。今なら、百貨店を抜け出しやすい。

話は、直接聞けばいいだろう。

永紀は、了承の返事を所長あてに送った。

ACT 8

自分が本来所属していた場所なのに、ずいぶん長い間離れていた気がする。久しぶりに訪れた日比野《ひびの》コンサルティングファームは、よそ行きの顔をしていた。

――本当は、ほんの数ヶ月の話なのにな。人の感覚って、こんなものなのか……。

あまりにも色んなことがあったせいで、自分が普通に弁護士業務に携わっていたのが、ずいぶん前のように感じられてしまう。

日比野の用件がわからないせいもあって、少し緊張気味に、永紀《えいき》は古巣に脚を踏み入れた。

約束の時間きっかりに、所長室のドアをノックする。穏やかな声に招き入れられ、永紀はその部屋に入った。

だが、ドアを締めるのも忘れて、立ち尽くしてしまう。

永紀を迎え入れたのは、日比野だけではなかった。

どういうわけか、伸一《しんいち》までいる。

「よく来てくれたね、仁礼《にれ》弁護士」

にこにこと愛想よく笑いかけてきた伸一に、永紀は頭を下げる。

腰が低いように見えても、部屋の主である日比野より先に声をかけてくるところに、彼の性格が垣間見える。そう考えてしまうのは、ここ数ヶ月に亘《わた》る聞き取り捜査のせいだろうか。

「出向中なのに、呼び立ててすまなかった」

「とんでもないです。所長に久々にお会いできて、嬉しいです」

できるだけ愛想よく、永紀は言った。

「ところで、こちらに副社長がいらっしゃるのは、どうしてでしょうか」

「ああ、それだが……」

日比野は、ちらりと伸一に目配せする。

すると伸一は大きく頷き、馴れ馴れしく永紀の肩を抱いてきた。

「仁礼弁護士、甥が迷惑をかけていてすまないね」

「いえ……」

「かしこまらなくていいんだ。なんでも相談してくれ。日比野所長も、君の味方なんだ。内緒にするようなことじゃない」

「……？」

永紀は、いぶかしげに眉を顰《ひそ》めた。

肩を抱いたまま、囁きかけてくる伸一の声は、奇妙な親しさがあった。距離の近さを、押しつけるかのように。

「なんのことでしょうか」

「恥ずかしいかもしれないが、隠さなくていいんだよ」

まるで自分の言葉に相槌を打っているかのように、やたら伸一は頷く素振りを見せた。すべて理解しているよと、言わんばかりの。

いったい、なんの話なんだろう。

永紀は首を傾げる。

頭の回転が鈍くなっているんだろうか。なにを言われているのか、さっぱり理解できなかった。

「きちんと証拠もあるしね」

にやりと、思わせぶりに伸一は笑う。

「男なのにセクハラされているなんて、言いにくいだろうが……。我が甥が迷惑をかけてしまって、本当に申し訳ない」

「な……っ」

永紀は、思わず息を呑んだ。

セクハラ……――つまり、鷹邦《たかくに》と永紀に性的関係があることをほのめかされている。それに気がついて、永紀は言葉を失った。

さらに、日比野の机の上に広げられた写真を見て、永紀は呆然とするしかなかった。

写真に写っているのは、自分と鷹邦だ。社長室のデスクに押しつけられるように抱きしめられ、鷹邦にくちびるを奪われている永紀。腕は、彼を突っぱねようとしているように見える。

間違いない、昨夜の写真だ。

いったい、どこから撮ったのだろう。

社長室は、喜久栄《きくえい》百貨店本店の最上階にある。近くの高層ビルから、望遠カメラで写されたとしか思えない。

しかも、写真は連写だ。ご丁寧に日付も時間も入っており、並べてみれば、抱きしめられた永紀が抗い、鷹邦の腕から逃れたあとに、社長室を出ていったように見えた。

——そんな……。

頭が真っ白になる。

三ヶ月ぶりのキスを、まさか撮《と》られているとは思わなかった。

日比野は、じっと永紀を見据えてきた。

「君は、鷹邦氏と特別な関係にあるのか？　たとえば、恋人同士だとか」

「そ、そんな、まさか……！　そんなはず、ありません」

かっと頰に血が上る。

永紀は、条件反射のように否定してしまった。

「……そうだろう。嫌がっていたようだし。君自身の口から、セクハラをしないでほしいと鷹邦を窘《たしな》めていた言葉も、聞いているよ」

伸一は、いかにも同情するような素振りを見せた。

永紀と鷹邦は恋人同士ではない。それは、嘘ではなかった。だが、今の状況で、そう言っていいものか。鷹邦が永紀にセクハラを働いていると、認めてしまうようなものだ。

——やられた。

永紀は、くちびるを噛みしめる。

完全に、伸一にハメられた。おそらく、鷹邦の赴任初日のやりとりを聞いて、弱みが握れると考えたのだろう。身辺調査はお互い様だったというわけだ。鷹邦が永紀によそよそしかったのも、伸一の動きを警戒していたのかもしれない。

——慎重なんだか、軽率なんだか。

「力になろうじゃないか。ねえ、仁礼弁護士」

「……っ」

永紀は写真を睨みつけた。

——どうする？

こんな写真を撮られたとは、とんだ失態だ。

そもそも、社内でこんなことをしかけてきた鷹邦が悪い。だが、永紀だって拒まなかった。

形だけあらがってみても、心は。

――物足りないとまで、あのとき思ってしまったじゃないか。

こんなスキャンダルになったとしても、あのとき欲しいと思ってしまった素直な本音を否定できない。

――そうだよ、俺は……。

認めるしかない。

いつのまにか、永紀はあの男に捕まってしまっていた。

その凛とした後ろ姿から、目を離せなくなっている。

……惚れている。

たとえ、自分を手駒と思っている男だろうとも。

誰も見ていなかったら、その場に崩れてしまったかもしれない。それほど、大きな揺らぎを感じていた。

築きあげた立ち位置から、真っ逆さまに堕ちるような感覚。あらがいたいけれども、あらがえない。

恋をしてしまったからには。

「……ます」

振り絞るように、永紀は呟いた。

「違いません、セクハラではありません」

「……は？」

伸一は、呆れたような声を漏らす。

「なにも庇わなくても」

「庇っていません。……同意の上の行為なので」

苦々しげに、永紀は言う。

そして、きっぱりと付け加えた。

「所長、申し訳ありません。先ほどは狼狽して否定しましたが、私は菊理《くくり》鷹邦氏の恋人です」

「そんな、まさか」

伸一は驚愕しきった顔をする。純粋な驚きと、そして侮蔑。さらに、下卑《げひ》た好奇心。わかりやすい感情が、彼の面差しをよぎっていた。

「本当です」

永紀が喜久栄百貨店に出社したあの日のセクハラ発言で、伸一が身辺調査を思いついたなら、永紀にも責任はある。

こんなことで、鷹邦を追い落とさせるものか。

——弁護士相手に、舐めた真似しやがって。

永紀は、まっすぐ伸一を見据えた。

「それよりも、どうしてこんな写真があるんでしょう？　明らかに、盗撮ですよね。望遠カメラを使っているし」

「それは」

「同性愛は犯罪ではありませんが、盗撮は犯罪ですよ」

「……っ」

　伸一は、真っ赤になった。

「合意もなにも、男同士のくせに！」

「性的マイノリティの差別をするとは、発言が表沙汰になった場合、非常にまずいのでは？　喜久栄百貨店の、経営陣のひとりとして」

　腹を決めたとたん、すっと頭が冷えた。永紀は、淡々と伸一に言い返す。

「……なるほど、よくわかりました」

　日比野は、小さく咳払いをする。

「同性愛はパーソナルな権利ですが、副社長の盗撮の件は刑事マターということになりますね」

「なっ、ち、違う！」

　慌てる伸一を、日比野は一瞥《いちべつ》した。普段は温厚な人だが、なんともいえない凄みのある眼差しをしている。

　しかし彼は、やがて優しげに口元をほころばせた。

「……鷹邦さん、入ってきたらいかがですか？　あなたの恋人が無実を証明してくれたようですよ」

「……！」

ドアが開く音を聞いたとたん、永紀は羞恥でどうにかなりそうだった。

「思ったより、俺は愛されていたみたいですね」

晴れやかな声で、脳天気なことを言っている男が、笑っていることは振り返らなくてもわかる。

鷹邦はそっと、背中ごしに永紀を抱き寄せた。

振りかえられないままだったが、永紀にその手は払えない。

もうずっと、きっとこれからも。


「さて、俺と恋人の熱いラブシーンを撮ってくださってありがとうございます。綺麗に撮れてますから、これは記念にいただきましょう」

鷹邦は堂々とした態度で伸一と向かいあう。

「そして、お礼にこちらのデータをお見せしましょうか」

「……なんの真似だ」

日比野がいるせいもあってか、伸一は大人しい。鷹邦を睨みつけてはいるものの、声のトーンは落としている。

「叔父さんが、特別背任をフルコースでしてくださっていたという、証拠ですよ。いやあ、見つかる見つかる。あのじいさんも、心労で倒れそうですね」

からかい口調で、でも眼差しには怒りを含んで、鷹邦は言った。

「な……っ！」

「刑事沙汰にしたいですか？　それとも、佐喜子《さきこ》叔母さんの株主としての地位にぶらさがったまま、体面と資産だけ死守して、実業からは隠居しますか？」

「鷹邦、おまえ……！」

鷹邦は、にやりと笑う。

「俺としては、どっちでも歓迎。知ってのとおり、自分の会社はあるし……。喜久栄がこれで沈むなら、それまでのことだ」

不敵な笑みを浮かべる鷹邦を、永紀はちらりと一瞥する。

——ぎりぎりのはったりだな。……まあ、奇襲してる今だから、ベタだが悪くはないか。

喜久栄百貨店グループがどうでもいいとは、鷹邦は思っていない。その程度のことは、永紀だって今はわかる。

——伸一さんに経営から手を引かせるかわりに、特別背任は告訴しない。……まあ、落としどころとしては妥当だな。問題は、伸一さんがプライドを捨てて、どこまで打算的になれるかっていう話か。

永紀は軽く腕組みして、成り行きを見守る。

「くそ……っ」

伸一は呻き声を漏らすと、そのまま床に蹲《うずくま》る。そして、怒りをこめて握りしめた拳で、床を叩いた。

——妥協したか。

冷めた眼差しで、永紀は伸一を見つめる。

その場で伸一に辞表を書かせた鷹邦は、ひとまずそれを日比野へと預けた。

これで、すべては鷹邦のペースで、喜久栄百貨店は改革をされていくことになる。

——よくもまあ、やりきったよ。おまえは、さすが鷹逸郎さんの孫だ。

「……で、どこまで計算していた?」

頭を抱えて蹲った伸一を見下ろす鷹邦に、そっと永紀は耳打ちした。

「うーん、布石打ったらハマった感じ?」

「布石でセクハラするな」

「……おまえを布石になんかしない」

やけに甘やかな声で、鷹邦は囁く。

「……悪かったな、布石にもなれなくて」

伸一につけこまれた件には、後悔しかない。社内で口づけられ、流されかけたこともあり、自分の詰めの甘さを永紀は呪った。

「永紀、なんでそんな思い詰めた顔してるんだ？　なにか誤解してないか」

「してない。これで、俺はお役ご免だな」

「おまえ、ここにきて、それか」

鷹邦は天を仰いだ。

そして、なぜだか背後では、日比野が爆笑しはじめた。

「しょ、所長？」

「ああ、いや、すまない。……とりあえず、鷹逸郎氏に報告してもいいだろうか」

「えっ」

「いや、ずっと相談を受けていてね。……自分のかわりに、若い者をよろしく、と」

くくっと笑いながら、日比野は電話の受話器を持ち上げた。

「日比野先生も人が悪いな。人の悪い年長者は、じいさんだけで手一杯です」

鷹邦は、溜息をつく。

「こちらとしては、うちの秘蔵っ子をさしあげたようなものなので、純粋な好意と受け取っていただきたい」

そう言うと、日比野はすぐに鷹逸郎へ連絡をいれたようだ。鷹逸郎は入院中のはずなのに、やけに手軽に連絡がとれている。

「なあ、なんの話だ？」

日比野にはなんとなく聞きづらく、永紀はそっと鷹邦に耳打ちする。

「なんだおまえ、ようやく俺に甘えて、頼ってくれる気になったのか。日比野さんじゃなく、俺に聞いてくれるとはな」

なにがそんなに嬉しいのか、鷹邦は小さく微笑《ほほえ》んだ。

「日比野所長には、聞かないほうがいいような気がした」

「……どうして、そこで妙に聡くなるんだろうな。肝心なところで鈍いくせに」

鷹邦は深々と溜息をつく。だが、すぐに気をとりなおしたかのように、いたずらっぽい表情になった。

「ベッドで、教えてやる。……なあ、俺の可愛い恋人さん？」

「あ、あれは方便……！」

「悪いけど、俺は本気にするから」

「……え」

「最初から愛人にしたつもりだなんて、俺は一言も言ってないだろ」

仕方がないなあという笑顔で、なぞなぞの答えを教えるかのように、こっそりと鷹邦は囁いた。

これで万事が上手《うま》くいく、と鷹邦は上機嫌だ。そして、子どもっぽく永紀の手をとるように、事務所を出た。

急ぎ足でどこに行くのかと思えば、連れこまれたのは近くのシティホテル。なに考えてるんだ馬鹿、と言ったら、今はおまえのことだと返された。

「……いっぺん、滅んでほしい」

がっくりと、永紀はうなだれた。ちょっとは見直したのに、なんでこんな時間から、人をホテルに連れ込むのか。見直したのは、全部帳消しだ。

「一番の懸案が片付いたんだ。少しくらい浮かれてもいいだろ。まだやらなきゃいけないない仕事は山積みだけど、とりあえず大本の病巣は片付いたし」

そう言って、鷹邦は永紀を掻き抱いてくる。

「なあ、ちゃんとこっち見ろって。まあ、照れてるんだろうけど。いつ俺に惚れてくれた？」

「そ、そういうことを聞くな！　だいたい、あれは方便で……」

永紀は、さっと顔を赤らめる。

*　*　*

できれば、伸一に言ったことは、全部忘れてほしかった。なにも、鷹邦に聞かせるつもりで話してはいない。

「聞かせろよ」

「……な、なんで」

永紀はくちびるを嚙む。

恋多き男だった鷹邦は、永紀の気持ちなんてお見通しのようだ。自信に満ちた笑顔を、直視するのも辛かった。

「そんなに嬉しいのか」

「当たりまえだろ！」

「……そりゃ、こんなに都合のいい手駒はいないだろうけど……。そんな満面の笑顔で嬉しがるなよ。本当に悪趣味だな、おまえ」

「は……？」

鷹邦は、不審げな声を漏らす。

「なに言ってるんだ？」

「だって、おまえは俺の弱みつかみたくて、そうすることで絶対な味方がほしくて、あんな……ことしたんだろ。……それなのに、俺ばっか本気になって……」

「ちょっと待て。なんの話だ」

鷹邦は、両手で永紀の頬を挟んだ。

そして、強引に上を向かせる。

「弱みつかみたいとか、いったいどういう……」

このごに及んで、ごまかさなくていいのに。

どうせ、鷹邦にどう思われていたとしても、恋心に変わりはない。抱いた想いは損なわれない。

それを知られてしまった今、半分自棄《やけ》になりつつも、永紀はとても素直な気持ちになっていた。

ためいき混じりに、鷹邦の魂胆を言い当ててやる。

「喜久栄百貨店に戻る条件と引き換えに、俺を抱いたじゃないか。そのあとだって、仕事のパートナーとして認められたいなら抱かれろって言って……。写真まで撮って。そこまでして俺の弱み摑んでおかないと、仕事のパートナーにするには信頼できないって思ってたんだろ」

一番知られたくないことを知られてしまった以上、胸のうちに悶々と溜め込んでおくようなものはない。必要ない。そういう想いで、永紀は思いきって抱えていた苦さをぶちまけた。

開きなおってはいても、やはり心の繊細な部分をさらけだすことには変わりがなかった。ぶるぶると、体が震えている。それをこらえるように手のひらを握りこむと、痛いほど爪が食い込んだ。

「……いや、永紀。ちょっと待ってくれ。おまえが鈍いのはわかっていたけど、そこまでか」

鷹邦は、呻き声を上げる。

でも、彼は永紀の顔を見ているうちに、はっとしたように目を見開いた。そして、永紀をまじまじと見つめる。

――そんなに、見るな。

今の自分が、たいそうみっともない顔をしている自覚はあった。永紀は、さっと顔を背《そむ》ける。

それなのに、意地の悪い鷹邦は、視線で永紀を追いかけてきた。やがて、彼はちょっとだけためいきをついたかと思うと、淡く微笑む。そして、ぎゅっと永紀を抱きしめた。

彼の太い首筋に、永紀は顔を埋めることになる。強く、彼の匂いがした。

「……なあ、切ない？」

「うるさい。黙秘権」

本当に、いちいち人が聞かれたくないことを、平気で聞いてくる男だ。永紀は、ぎゅっと奥歯を噛みしめる。

「おまえ、案外表情豊かだよな」

「おまえのせいだ、馬鹿。おまえが俺を振り回すから……！」

「うん、おまえが俺のこと大好きだっていうのは、よくわかった。……だから、おまえも俺の気持ち、わかってくれる？」

「……わかってる」

念を押すなと、永紀は思う。余計に、切なくなるだけだから。

「わかってない」

きっぱりと、鷹邦は言う。

「おまえのことが好きな俺の気持ち、まったくわかってないだろ」

ぽつりと、鷹邦は呟く。

「……まあ、俺が悪いか。ちゃんと、言葉にできなかったから」

低く、そして静かな言葉だった。そのくせ、力強くて、永紀の胸へと沈みこんでくる。

「意地張って、素直になれなくて、ごめん」

「……え」

永紀は、思わず言葉を失う。最初は、鷹邦がなにを言っているのか、さっぱり理解できないでいた。

「ずっと、好きだった。子どもの頃から」

「おまえこそ、なに言ってるんだ」

鷹邦の腕の中から、永紀は彼を睨みつける。

嬉しいという以前に、困惑した。そして、こみあげてきたいろいろな感情が、ぱちんと弾けてしまった。

「おまえ、好きな相手にネズミ花火しかけるのか！」

他に言うべきことはある。それはわかっているのに、想いが溢れてしまって、上手くまとまってくれない。なんとか出てきた言葉は、この場ではどうでもいいことでしかなかった。

「それは、仕方ないだろ。おまえはいつだって、じいさんのことばっかりで……！　俺のこと、見ようともしなかったじゃないか」

「なにガキみたいなこと言ってるんだ！」

「実際に、あの頃の俺はガキだったんだよ！　でも、ガキだって嫉妬するんだ。悪いか！」

「……っ！」

永紀は、大きく目を見開く。

——嫉妬、だと？

数々のいやがらせは、みんな鷹邦が永紀の気を惹きたいからだった、ということだろうか。

「嫉妬って、鷹逸郎さんに？」

「ああ、そうだ。このジジコン！」

「ジ……って、おまえな！　俺は鷹逸郎さんを尊敬して……！」

「わかってる！　わかってるさ。あのじいさんが尊敬に値する人だってことも！」

自棄になったかのように、鷹邦は声を上げた。

「でも、むかつくものはむかつくんだ。おまえが向ける、ありとあらゆる感情は、俺のものにしたかった。じいさん以上の業績をあげて、社会貢献して、おまえに認めさせたかった。だから家を出て――」

「そんなことで」

「そんなことでも、俺にとっては大問題だ！」

呆れつつも、頬が赤くなっている自覚があった。のぼせたように、熱くなっている。

――信じられない。鷹逸郎さんに張り合うために家を出るとか、なに考えてるんだ？

そう口に出せば、「おまえのことだ」と怒鳴りかえされた。

ああ、本当におまえは俺が大好きなんだなと、呆然と独《ひと》り言にしてしまい、その言葉の響きでさらに動揺し、思わず鷹邦と顔を見合わせ、ふたりそろってさらに呆然としてしまう。

やがて、力が抜けたように笑った鷹邦は、永紀をぐっと抱きしめてきた。

「……俺は……、そりゃ、ろくでもないことばっかりしてきたけど、でも、おまえが俺だけを見てくれたらいいのにって、思っていた。ずっと長いこと。だって、おまえみたいに、自分にも他人にも一途な奴を、俺は知らない」

視線が絡む。

お互いだけ、見ている。

ここに辿りつくまでに、いったい自分たちはどれだけの回り道をしたのか。考えると、気が遠くなってきた。

「だから さ……。手に入るチャンスがやってきたら、つい我慢ができなくなっちゃったんだよ。欲しかったんだ、おまえが」

「あれをチャンスというのか……。おまえ、もう少し真面目に生きろ」

まだ、頭がまともに働かない。自分がずいぶんずれた反応をしている自覚はあるが、大目に見てほしかった。なにせ、恋愛初心者だ。

こうして、腕の中に捉まって、逃げ出さないでいるのだから、その間に気持ちを整理させてほしい。

「だって、俺を避けてたおまえが、わざわざ俺に会いに来て、しかもなんでも言うこと聞いてくれるって言うんだぞ！　そんなの、遠慮なく俺のものにしたくなるだろ。おまえが無防備すぎたんだ！」

「……知るかよ、そんなの。普通、仕事の話をしにいって、セックスの相手を要求されるなんて考えないだろ」

「考えろよ！　だから職場セクハラなんて言葉があるんだ」

セクハラの疑いを掛けられた男が言うことかと、永紀は眉間に皺を寄せる。

「男同士だろうが！」

「男同士だろうがなんだろうが、魅力的なら関係ないだろ」

「……俺は、おまえにとって魅力的なのか」

ぽつりと呟くと、ぐっと鷹邦は押し黙る。

そして天を仰いだかと思うと、軽く呼吸を整えてから、あらためて永紀を見つめた。

彼の真っ直ぐな視線は、永紀にだけ注《そそ》がれている。

「……そうだ。この世の誰より、魅力的だ。三ヶ月ぶりに近づいたら、我慢できずにキスしたくなるくらいにな！」

顔が真っ赤で、視線はひたむきで……——やがて、どちらからともなく笑ってしまった。

「好きだよ、馬鹿」

そう呟いたのは、いったいどちらだったのだろうか。笑いながら、永紀は鷹邦と口づけをかわした。


見知らぬベッド、見知らぬ天井。緊張しているのは、そのせいか。それとも、鷹邦のことを好きだと自覚してしまったからだろうか。

「……っ、ふ……」

口づけは濃《こま》やかで、呼吸が止まるかと思った。腰から下の、力が抜けていく気がした。

シーツに沈みかけた体を、鷹邦の腕に抱きとられる。そして、彼の腕の中で、彼からのキスを何度も受けた。

「……や……っ」

触れられるたびに、熱が高まっていく気がした。肌がぞわりとして、震えて、そのたびにこみ上げるものが永紀の全身を満たしていく。

欲情している。

その自覚は、永紀に恥ずかしさをもたらす。いやじゃないのに、いやいやと頭を横に振ってしまった。

「いや？」

やけに甘ったるい声で、鷹邦が問いかけてきた。

ぞくりとする。

「いやなら、やめる。永紀に嫌われたくないからな」

永紀は、軽くくちびるを嚙んだ。

やめてほしいわけじゃない。でも、そんなことは素直になれない。

「……なあ、聞かせてくれよ。俺、おまえにねだってほしい。欲しがられたい。……おまえに愛されてるんだと、思わせてほしい」

「鷹邦……」

あまりにも素直な嘆願に、永紀は目を丸くする。

彼も永紀と同じで、素直になれない男だと思っていた。それなのに、こんなてらいもなく、真っ直ぐに永紀を求めてくるなんて、考えもしなかったのだ。

胸が、甘く疼いた。

素直に求められることが、こんなにも嬉しいものだとは知らなかった。

「いいだろ、永紀。おまえは、俺のものなんだろう?」

重ねられる言葉に、永紀は少しだけ視線を伏せがちにする。

ここで素直になれないのは、逆に大人げないか。そう思うけれども、愛されることに不慣れな体は強張ってしまい、上手く動いてくれないでいた。

「……まあ、いいけどさ」

かたくななくちびるにキスをして、鷹邦は笑う。

「言ってくれないなら、奪っていくだけだ」

「……っ」

ふたたび、鷹邦は永紀へと口づけてきた。

手のひらで胸元をまさぐられ、撫でられたかと思うと、さりげなく下肢へと触れられる。その高ぶりのかたちを確かめるように扱《しご》かれるだけで、自然と甘い声が漏れてしまった。

「……あ……っ」

「俺のせいで、こんなに熱くなってるんだろ?」

たしかめるように問いかけられ、溢れはじめた蜜を指先にからめとられる。撫でられる柔ら

かな部分は、強引なようでいて甘い指先に、快楽へと導かれていく。

甘い熱に、永紀の全身は濡れはじめた。

「……く……っ」

どうしようもなく、感じている。

触れられている場所から、抑えがたい悦《よろこ》びが溢れてきた。その熱を楽しみたいという気持ちと、早く鷹邦を体の奥で感じたいという焦りとが、永紀を突き動かしている。

鷹邦の指が体内を気ままに泳いで、的確に永紀を快楽に引きずりこんでいく。

気持ちいい。そう、素直に口に出すと、さらに体が高ぶった。

「俺も、すごいイイ……」

熱い吐息混じりに、どこか夢見心地で、鷹邦は呟いた。

「おまえの中、すごく柔らかくて、なんか甘やかしてほしくなる」

「なっ、馬鹿……」

「好きだ」

その言葉を口にすること自体が嬉しくてたまらないかのように、鷹邦は繰り返し囁いた。

やがて熱いたかぶりが、鷹邦を恋しがっている場所へと押し当てられる。

「わかるか？　俺の、こんなになってるんだ。おまえのことが、好きすぎるせいで」

「そういうことばっか、言うな……！」

あまりの気恥ずかしさに、思わず永紀は両手で顔を覆ってしまった。

恋とは、こんなに照れくさいものなのか。

「なあ、おまえは？」

「……っ」

甘やかに尋ねられ、泣きたい気持ちになる。俺も好きだと、そう思っただけなのに。

「俺、は……」

「ああ、そんな目を潤ませられると、意地悪したみたいな気持ちになるな」

永紀の目元に口づけ、鷹邦は笑う。

「じゃあ、体に聞くぞ」

喉が鳴ったのは純粋な快楽への期待で、永紀は目元を染めるしかなかった。

もう、この気持ちを知らなかったときの、自分を思い出すことができない。

まだ素直になれないくちびるのかわりに、自分から鷹邦を招き入れるように体を開く。ようやく結ばれた瞬間、今までにない幸福感で永紀は胸がいっぱいになった。

ひとりより、ふたりのほうが嬉しい。他人相手にそんなことを思えたのは、初めてかもしれない。

「……よし、これでいいか。永紀、ちょっと見てくれ」

「なんだ」

「新しい役員人事」

シャワーを浴びた永紀が戻ってくると、鷹邦がベッドでノートパソコンを開いていた。彼はちょいちょいと永紀を手招きして、パソコンの画面を見せる。

「ずいぶん、社外の人間をいれるんだな」

呟きながら、永紀は鷹邦の傍らに滑りこむ。

体に巻き付いてきた鷹邦の腕を、当然のものとして受け止める。ふたりが恋人同士になって早数ヶ月。口論をすることがあっても、いつのまにか彼の腕の中が、あたりまえのように永紀の居場所になっていた。

仕事のことも、プライベートのことも、意地をはらずにお互いが相談をしあう関係。仕事のパートナーであり、友人でもある。さらに恋に落ちた自分たちは、恋人としてもそこそこ上手くいっていた。

ただ、仕事とプライベートの切り分けが上手くいかずに、こうして二人で過ごす夜にも、よく仕事の話をしている。少々、ワーカホリック気味ではあるが、同じものを目指して仕事をしているおかげで、忙しい中でも一緒に過ごせる時間がとれるんだと思うと、怪我の功名か。でも、あまりだらしないことになるのもよくないしと、永紀なりに悩んでもいた。

でも、きっとこれは、幸福な悩みだろう。

「伸一氏は、完全排除なのか」

「一応あれでも叔父だし、新聞沙汰になると困るから、株主としての権利は残すけどな。実務に関わらせるつもりはない」

鷹邦は、にやりと笑う。

「叔母さんには、俺の恋人は永紀だから後継者は産まれないし、将来的には叔母さんの子どものものになる百貨店ですよと言ったら、叔父さんには首輪つけておくから安心してほしいと、力強い援護をもらった」

「な……っ」

永紀は絶句する。

「なんで、おまえ、そんなことまで……！」

「どうせ、叔父さんは知ってるんだし、叔母さんだって知ったっておかしくないだろ」

「いや、でも」

「ついでに、じいさんにも報告したから」

今度こそ、永紀は言葉を失う。頭がくらくらした。

「鷹逸郎さんに……、そんな……」

さっと血の気が引いていく。

カミングアウトするにしても、永紀の知らないところで、勝手に暴走するなと言ってやりたい。しかも、よりにもよって鷹逸郎に。打ち明けるのには、ある意味一番勇気がいる相手だというのに……。

「なんだよ、知られてなんかまずいのか」

「俺は、今度からどうやって鷹逸郎さんに顔を合わせればいいんだ……」

「義理の孫になりましたって、挨拶に行こうぜ」

「俺が、鷹逸郎さんの孫……。その響き、悪くないな」

「なんでおまえ、そこですごく嬉しそうな顔をするんだ。信じられない！」

わざとらしいくらい大仰な怒り顔になった鷹邦は、永紀を強く抱きしめると、体の下へと引き込んだ。

「じいさんの孫じゃなくて、俺の嫁。ＯＫ？」

「……っ、馬鹿、せっかくシャワー浴びたのに……っ」

「いいじゃん、もう一度……」

「……ん……っ」

抗ってみせても、永紀も本気ではない。まるで軽いじゃれあいの延長上で愛撫されると、慣れた体は反応してしまう。

「でもって、会社が俺たちの子。いいな、人生充実していて」

「……ばーか」

頬を両手でぺちんと叩くように挟んで、永紀はついつい笑ってしまった。

それには同意だとは、まだ素直に言えない。だからかわりにくちびるを寄せて、甘い熱を移してやった。

Fin.

あとがき

AFTERWORD

―柊平ハルモ―


こんにちは、柊平《くいびら》ハルモです。

拙作をお手にとってくださいまして、ありがとうございます。

私的な事情や、ここ最近の仕事がゲームシナリオメインになっていたこともあり、本当に久しぶりの文庫の発行となってしまったのですが、やっぱりBL小説を書くのは楽しいと、あらためて感じました。

こうして、また小説を書くことができたのも、読者の皆さまのおかげです。本当にありがとうございます。この本をお手にとってくださいました皆さまに、幼なじみ同士の素直になれない恋のお話を、お楽しみいただけたら嬉しく思います。

美しいイラストを添えてくださいまして、駒城《こましろ》先生、本当にありがとうございます。格好良い大人なカップルにしていただけて、とても嬉しかったです。

それでは、またどこかでお目にかかれますように。

この本を読んでのご意見、ご感想などをお寄せください。
柊平ハルモ先生・駒城ミチヲ先生へのはげましのおたよりもお待ちしております。

〒113-0024　東京都文京区西片2-19-18　新書館
[編集部へのご意見・ご感想] ディアプラス編集部「身勝手な純愛」係
[先生方へのおたより] ディアプラス編集部気付　○○先生

- 初出 -
身勝手な純愛：書き下ろし

[みがってなじゅんあい]
身勝手な純愛

著者：**柊平ハルモ** くいびら・はるも

初版発行：2016年6月25日

発行所：株式会社 新書館
[編集] 〒113-0024
東京都文京区西片2-19-18　電話（03）3811-2631
[営業] 〒174-0043
東京都板橋区坂下1-22-14　電話（03）5970-3840
[URL] http://www.shinshokan.co.jp/

印刷・製本：株式会社光邦

ISBN978-4-403-52403-5